DIOGÈNE LE CHIEN

PAUL HERVIEU

DIOGÈNE LE CHIEN

Paul Hervieu

suivi de DIOGENE, l'homme debout

par Christophe Noël

Copyright © Paul HERVIEU, Christophe NOËL, 2022
Édition : BoD – Books on Demand, info@bod.fr
Impression : BoD – Books on Demand, In de Tarpen 42, Norderstedt (Allemagne)
Impression à la demande

ISBN : 9782-3224-6145-5
Dépôt légal : Novembre 2022

Également disponibles :

Nasr Eddin Hodja/Djeha :
Les Très-mirifiques et Très-édifiantes Aventures du Hodja (Tome 1)
Nasr Eddin Hodja rencontre Diogène (Tome 2)
Nasr Eddin sur la Mare Nostrum (Tome 3 disponible chez l'auteur uniquement)
Le Sottisier de Nasr Eddin (Tome 4) disponible également chez l'auteur en format A4 - grands caractères)
Nasr Eddin en Anglophonie (Tome 5)
Avant Nasr Eddin – le Philogelos (Tome 6)
Les Plaisanteries – Decourdemanche (Tome 7)
Candeur, malice et sagesse (Tome 8)
Les nouvelles Fourberies de Djeha (Tome 9)

Humour :
Le Pogge – Facéties – les Bains de Bade – Un vieillard doit-il se marier
Contes et Facéties d'Arlotto
Fabliaux Rigolos (anonymes du XII° et XIII° s. en français moderne)
Nouvelles Récréations et Joyeux Devis – Bonaventure des Périers
La Folle Enchère – Mme Ulrich/Dancourt
Les Contes aux Heures Perdues du sieur d'Ouville
La Nouvelle Fabrique – Philippe d'Alcrippe
Le Chasse-Ennui – Louis Garon
Anecdotes de la Vie Littéraire – Louis LOIRE
Les Fabuleux succès de la politique Sociale d'E Macron – Chris Noël
Almanacadabrantesque - Chris Noël
Des milliers de plaisanteries - Chris Noël

Fabliaux - Nouvelles :
Fabliaux Coquins (anonymes du XII° et XIII° s. en français moderne)
Lais & Fables de Marie, dite de France (en français moderne)
Les Nouvelles de Bandello (1 à 21)
L'Oiseau Griffon - M.Bandello et F.Molza
Le Point Rouge – Christophe Voliotis

Philosophie :
Les Mémorables – Xénophon
La Cyropédie ou Education de Cyrus – Xénophon (à paraître)
Fontenelle – La République des Philosophes

Romans/Divers :
L'École des Filles (chez TheBookEdition)
Sue Ann (chez TheBookEdition)
Rien n'est jamais acquis à l'homme

Nota : *tous ces ouvrages sont disponibles en format papier ET e-book*

Au format e-book exclusivement :

Nathalie et Jean-Jacques – recueil de nouvelles
Jacques Merdeuil – nouvelle - version française (chez Smashwords/Google)
Le Point Rouge –nouvelle - version française (chez Smashwords/Google)

Les Fabulistes :
Les Ysopets – 1 – Avianus
Les Ysopets – 2 – Phèdre – *version complète latin-français*
Les Ysopets – 2 – Phèdre – version Découverte en français
Les Ysopets – 3 – Babrios – version Découverte en français
Les Ysopets – 4 – Esope – version Découverte en français
Les Ysopets – 5 – Aphtonios – version en français

Les Fabulistes Classiques – 1 – Bensérade
Les Fabulistes Classiques – 2 – Abstémius - Hecatomythia I et II
Les Fabulistes Classiques – 3 – Florian
Les Fabulistes Classiques – 4 – Iriarte – Fables Littéraires
Les Fabulistes Classiques – 5 – Perret – 25 Fables illustrées

Philosophie/Politique :
De la Servitude volontaire – ou Contr'Un – La Boétie
La Désobéissance civile - Thoreau

Humour :
Histoire et avantures de Milord Pet
Eloge du Pet
Discours sur la Musique Zéphyrienne

Aux chiens errants
P. H.

CHAPITRE PREMIER

I

Vers l'an 412 avant l'ère chrétienne, Icèse[1], riche banquier de Sinope, ayant mené sa femme aux autels d'Ilithyie[2], devint père d'un jeune garçon. Il voulut l'appeler Diogène[3] et fit valoir son droit. Sa femme aurait préféré le nom plus harmonieux d'Alcathoos[4] ; mais elle fut bien forcée de reconnaître qu'elle n'était que la mère.

Vraisemblablement cet enfant passa, comme les autres, ses premières années. Il eut la fièvre scarlatine, des coliques et des rages de dents.

---

1   Hikésias ou Hikésios.
2   Dans la mythologie grecque, *Ilithyie*, fille de Zeus et Héra, est la déesse de l'Enfantement ; elle préside aux naissances, les favorisant ou les con-trariant parfois, comme lorsque Héra lui demande de retarder la naissance d'Héraclès. On parle parfois des « Ilithyes » tout autant que d'une déesse unique. Elle correspond à *Lucine* dans la mythologie romaine.
3   Diogène (en grec ancien Διογένης / Diogénês) est un nom masculin théophore d'origine grecque. Il signifie descendant de Dias/Zeus.
4   (Plus harmonieux?) Fils du Troyen Ésyétès, Alcathoos est, dans l'Iliade, l'époux d'Hippodamie, gendre d'Anchise et beau-frère d'Énée, dont il est l'un des précepteurs. C'est un guerrier troyen, remarqué pour sa beauté et sa bravoure, notamment lors de l'attaque troyenne du mur achéen. Au chant suivant, il est mortellement percé par la lance d'Idoménée, aidé par Poséidon.

Après quoi, ses instincts commençant à se développer, il se mit naturellement à les suivre. Il adorait le miel et détestait la rhubarbe ; lorsqu'il était joyeux, il s'abandonnait à des éclats de rire sonores ; il pleurait lorsqu'il avait du chagrin. Tout cela le fit souvent fouetter par sa mère.

Enfin le voyant en âge de comprendre les jeux et de s'en amuser, son père, commerçant affable mais sérieux, le conduisit chez un maître d'école, dans la petite masure duquel, pendant dix années, Diogène passa les belles heures que le soleil donne à l'homme, roi de la nature.

C'est ainsi qu'il arriva vers sa dix-huitième année. Il était alors brun, élancé, bien fait, rayonnant de force et de jeunesse. Il savait lire, écrire, calculer et s'enlever au trapèze[5] à la force du poignet. Alors son père le mit à la tête de sa maison de banque, ce qui donna l'idée à Diogène de prendre une maîtresse.

Il ne tarda pas à rencontrer, à la porte du théâtre de Sinope, une vieille courtisane, appelée Nicidia, que tous ses aînés dans la débauche avaient vue ivre et nue. Ils s'aimèrent d'un fol amour. Diogène se brouilla avec ses bons amis pour Nicidia, qui le trompa ; Nicidia voulut se noyer dans le fleuve Halys pour Diogène, qui la battit cruellement.

Mais le bonheur n'est pas éternel ici-bas !

La pauvre Nicidia mourut subitement d'une indigestion ; et Diogène lui fit construire un tombeau superbe au fronton duquel on grava, dans le marbre, un fort joli vers de sa composition qui signifiait :

« Je pleure, parce qu'un petit oiseau s'est envolé. »

---

5 On peut supposer qu'il s'agit là d'un jeu de mots hermétique. En effet, Hikesias était *trapézite*, c'est-à-dire banquier, et non simple commerçant. La banque (le *banco* lombard), était dénommé *trapéza,* table.

Vers cette époque, et pour se distraire, il alla consulter l'oracle de Délos, patrie d'Apollon. La Pythie invoquée lui répondit : « *Change la monnaie.* » Les commentateurs sont unanimes à reconnaître que cette phrase signifiait : « *Ne fais point comme les autres hommes.* »

Diogène comprit tout bonnement que le dieu, dans ses insondables desseins, l'engageait à corrompre la valeur de l'argent. Il fit la chose largement, grâce aux facilités que lui donnait sa situation de banquier public.

La population ne manqua pas de s'émouvoir. Une plainte fut déposée. Pendant qu'on instruisait l'affaire, Diogène prit la fuite. Mais l'heure de la justice était venue : on enferma son vieux père, pour le restant de ses jours, dans une étroite prison.

II

L'an III de la 98ème Olympiade, au vingt-huitième jour du mois Hécatombæon[6], la capitale de l'Attique célébrait la fête splendide des Grandes Panathénées.

Vers l'heure de midi, la foule portait au Céramique[7] Extérieur. Là, parmi les portiques et les tombeaux, sous les feux étincelants du soleil, se disposait le cortège de la procession du péplos[8].

---

6 Le 10 août de l'an 386 avant J-C. Hécatombéon est le premier mois de l'année attique.

7 Le Céramique (en grec ancien Κεραμεικὸς/Kerameikos) est le quartier des potiers à Athènes, traversé par l'Eridanos. Selon Hérodote, son nom vient du grec ancien κέραμος/kéramos, la terre de potier, l'argile. Pour Pausanias, le nom vient plutôt de Céramos, fils d'Ariane et de Dionysos.

8 Le point culminant des Grandes Panathénées était atteint le jour anniversaire de la déesse, le 28 du mois, quand la cité offrait à Athéna un *péplos*, vêtement tissé pendant l'année par les *Ergastines*, et teint au safran des Indes (le curcuma actuel). Le vêtement était porté en grande pompe dans toute la cité, puis ornait une statue d'Athéna *poliade* (en grec Πολιάς/Poliás, « protectrice de la ci-

En tête, on plaçait les jeunes vierges qui soutenaient, dans leurs bras nus, les fioles, les corbeilles et les coupes ; derrière elles et vêtus d'une tunique légère, se rangeaient de jolis garçons.

Le centre du cortège était réservé aux guerriers qui, pour danser la pyrrhique[9], s'étaient couverts de leurs pesantes armures. Au milieu d'eux, les Praxiergides[10] portaient, au bout de quatre lances, le nouveau péplos où se trouvait brodée la victoire des Athéniens sur les Atlantes « venus des portes de la nuit », et dont ils allaient revêtir la statue de bois « tombée du ciel ».

Enfin derrière cette phalange sacrée, de beaux vieillards, qu'on appelait Tallophores parce qu'ils portaient des branches d'olivier, se préparaient à marcher d'un pas vénérable.

La procession se dirigeait, entre l'Aréopage et la colline du Pnyx, vers l'Agora qu'elle traversait, au milieu d'un grand concours de peuple ; et, gagnant les Propylées, elle gravissait le magnifique escalier de marbre que couronnait l'Acropole, avec le Parthénon et la statue d'ivoire et d'or, sculptée par Phidias, qui s'appelait « Athénée combattant sur le front de bataille ».

La solennité comportait encore des jeux gymniques, des hécatombes[11].

Les poètes au regard inspiré venaient réciter en public leurs strophes où grondaient les vers magnanimes, où le rythme chantait mollement.

---

té ») sur l'Acropole.

9   La *pyrrhique*, aussi appelée danse en armes, était une danse religieuse et martiale en Grèce durant l'Antiquité. Les danseurs faisaient le simulacre d'un combat entre hoplites.

10 Le clan des *Praxiergides*, formé de riches aristocrates, jouissait d'une influence politique et religieuse notoire.

11 Dans la Grèce antique, sacrifice de cent bœufs.

Le sujet habituel du concours était le panégyrique d'Harmodios qui avait tué Hipparque, et l'éloge de son ami Aristogiton qui aurait bien voulu poignarder Hippias, dans la fleur de l'âge.

Athénée nous a conservé la chanson suivante, faite en leur honneur :

« Je porterai mon épée couverte de feuilles de myrte, comme firent Harmodios et Aristogiton quand ils tuèrent le tyran et qu'ils établirent dans Athènes l'égalité des lois.

« Cher Harmodios, vous n'êtes point encore mort : on dit que vous êtes dans les îles des bienheureux, où sont Achille aux pieds légers et Diomède, ce vaillant fils de Tydée.

« Je porterai mon épée couverte de feuilles de myrte, comme firent Harmodios et Aristogiton lorsqu'ils tuèrent le tyran Hipparque, dans le temps des Panathénées.

« Que votre gloire soit éternelle, cher Harmodios, cher Aristogiton, parce que vous avez tué le tyran et établi dans Athènes l'égalité des lois. »

Les auditeurs applaudissaient avec ivresse ; et leurs suffrages décernaient à l'heureux vainqueur un vase d'huile et une couronne d'olivier.

Puis avaient lieu des banquets immenses et religieux. Et lorsque la nuit tombait, la fête prenait fin par les lampadodromies, c'est-à-dire par les courses aux flambeaux, entre les portes de la ville et le temple de Prométhée.

Ainsi se passait, en l'an III de la 98ème Olympiade, la fête splendide des Grandes Panathénées, en l'honneur de Pallas.

Ce jour-là, Diogène, l'âme tranquille, le front haut et le corps libre, était entré dans le Pirée.

Il bénéficia de ce que les officiers du port avaient dû se consacrer spécialement à la répression des désordres qu'engendraient d'ordinaire les imposantes cérémonies offertes à la déesse de la sagesse.

Il put pénétrer dans la ville sans justifier de ses origines et se faire, en quelques heures, de nombreuses relations parmi la jeunesse que tant de réjouissances mettaient en belle humeur.

III

Pendant une année entière, Diogène mena la vie fastueuse d'un satrape, grâce à tout l'or qu'il avait emporté.

Il s'efforça de prendre le bon ton, dans cette ville étonnante où les soldats de Marathon et de Salamine avaient appris le maniement des armes, où l'on parlait encore de la queue du chien d'Alcibiade[12]. Il fréquenta les guerriers et les libertins, les savants et les courtisanes.

Parfois, il passait la journée entière, couché sur son lit d'ivoire, respirant l'odeur suave des aromates et goûtant des liqueurs délicieuses. Assises à ses pieds, de jeunes esclaves touchaient tour à tour, de leurs doigts fins, les cordes du psaltérion qui vibraient harmonieusement dans la salle aux colonnes de marbre phrygien, reliées entre elles par des tentures de pourpre d'Hermione.

Parfois, nonchalamment étendu sur les souples coussins de sa litière, il se faisait porter à quelque bain splendide, où les jeunes élégants d'Athènes, debout dans les bassins d'eau

---

12 Alcibiade avait un chien d'une taille et d'une beauté étonnantes, qu'il avait payé soixante-dix mines (soit 7 000 drachmes). Il lui coupa la queue, laquelle était magnifique. Comme ses amis le blâmaient, et lui rapportaient que tous se répandaient en critiques mordantes à propos de ce chien, Alcibiade éclata de rire : "C'est exactement ce que je souhaite. Je veux que les Athéniens parlent de cela ; ainsi, ils ne diront rien de pire sur moi." - Plutarque, *Vie d'Alcibiade*.

froide, tenaient mille propos légers devant la statue d'Hygie, fille d'Esculape et déesse de la santé.

Le soir, à sa table ouverte, il y avait place pour tous les convives de bonne volonté. Les hommes avaient le droit d'être joyeux et bêtes, ou tristes et spirituels ; on permettait aux femmes de se montrer, suivant leur humeur, impudiques ou chastes.

Souvent d'illustres citoyens venaient s'étendre sur les lits à deux personnes, disposés dans la salle du festin. Et chacun parlait de mille choses, en buvant le vin doré de Syracuse. Démocrite, homme d'un naturel bienveillant, disait avec son léger accent abdéritain[13] :

— Tes poésies sont charmantes, Phérécrate. J'aime les sujets que tu traites avec un mètre nouveau. Cela repose du rythme monotone d'Homère et de quelques autres.

Alors, se tournant vers Aristophane, Démocrite continuait à demi-voix :

— D'ailleurs, j'en parle à mon aise ; je n'ai rien lu d'Homère ni de Phérécrate.

Mais le vieil Aristophane remuait la tête sans ouvrir les yeux ; car il méprisait les hommes des générations nouvelles et regrettait l'époque glorieuse des héros qu'il avait diffamés.

Zénon, qui était docte et toujours ivre, expliquait aux jeunes femmes sa théorie de la création et des astres :

— Le corps de l'homme a été formé par la Terre et par le Soleil. Son âme est un mélange de chaud et de froid, de sécheresse et d'humidité. Maintenant, écoutez-moi bien : le Soleil se dirige obliquement dans le cercle du Zodiaque et se nourrit

---

13 Nom des habitants d'Abdère, ville grecque de la Thrace, sur la mer Egée près de l'embouchure du Nestos (Mesta) près du cap Bouloustra. Patrie de Démocrite, d'Anaxarque et de Protagoras. La sottise des Abdéritains était proverbiale chez les Anciens (voir le *Philogelos*, chez BOD).

dans l'Océan ; ce qui fait que la Lune suit une route pleine de détours et s'alimente dans les fleuves. Voilà pourquoi, belles Athéniennes, les saisons changent et les femmes perdent leur fraîcheur, comme les roses passagères. »

À l'autre bout de la table, des couples amoureux causaient avec abandon.

Un bel adolescent, dont le père était mort, chuchotait, penché sur la brune Mélitta, habile à préparer les philtres thessaliens[14] :

— Douce colombe, nous allons vivre toute une semaine ensemble, car j'ai gagné ma liberté, en disant à ma mère que je partais chasser les oies sauvages dans l'île de Salamine.

— Quelle joie, répondit Mélitta[15] en lui caressant le visage, et comme les heures me paraîtront courtes, ô mon Timolaos, mon petit cochon d'Acharné !

— Platon, murmurait une jolie blonde aux yeux de violette, quand donc me donneras-tu les deux mines que tu m'as promises pour payer mes pendants d'oreilles et mon tissu transparent de Cos ?

— Méchante petite joueuse de cithare, fille menteuse et débauchée, criait Platon d'un air furieux, tu m'as fait te payer d'avance !

Montrant du geste un jeune homme au visage intelligent et fier, il ajoutait :

— Tu devrais aimer mon jeune élève Hippotale qui, pour avoir de l'argent, n'a qu'à menacer sa mère de se faire soldat de marine.

---

14 Grandes connaisseuses des secrets des plantes, reines du philtre qui « tourne la cervelle en boule », selon l'expression de Plaute, les Thessaliennes étaient aussi capables de « miracles », dit Horace, et de décrocher la Lune, nous assurent Platon (dans le Gorgias) et Aristophane.

15 Mélitta, la reine du filtre à café....

Et se levant avec noblesse, Platon allait prendre la taille et regarder les yeux d'Axiothée de Phlias, créature belle, riche et dépravée, qui tous les jours venait, habillée en homme, s'asseoir dans le jardin d'Académos[16].

Diogène, dans une attitude indolente, écoutait tous ces propos et se formait ainsi peu à peu le jugement et le cœur.

Et la radieuse Aurore paraissait souvent assez tôt pour éclairer dans la salle du festin, où s'étaient éteintes les veilleuses d'huile odorante, des femmes qu'on ne se lassait pas d'embrasser, des jeunes hommes qui se tendaient encore la grande coupe de cristal, et d'illustres vieillards qui se disputaient.

Un beau matin, Diogène, en s'éveillant, se mit à réfléchir et s'aperçut qu'il était absolument ruiné. Cette remarque l'ayant plongé dans un abattement profond, il resta plusieurs heures assis sur son lit, se tenant la tête dans les mains et méditant sur le parti meilleur à prendre.

Ne trouvant rien, il se leva, rendit la liberté à ses esclaves ; et voulant emporter quelque souvenir, il prit une timbale d'argent qui lui venait d'une femme honnête dont il avait été l'amant. Puis il sortit de sa demeure pour n'y jamais rentrer.

Il atteignit d'un pas traînant et incertain la place publique qui, à cette heure, était déserte. Il n'aperçut autour de lui que les statues divines : Zeus, Hermès, Poséidon et ce marbre majestueux devant lequel saint Paul s'arrêtait quatre siècles plus tard, qui était dédié au dieu Inconnu. Cette vue ne le réconforta point ; et il se laissa tomber sur le sol, en pleurant d'une façon tout à fait lamentable.

---

16 L'Académie de Platon et ses péripatéticiens.

CHAPITRE DEUXIÈME

I

À quelque distance des portes d'Athènes, dans le gymnase Cynosarge[17], un certain Antisthène, surnommé *Simple Chien*, enseignait la philosophie.

Cet homme affichait des idées originales et des façons d'agir assez étranges. Au rapport de Dioclès, il fut le premier qui doubla son manteau, afin de ne point porter d'autre habillement. Nous savons par Hermippe qu'il avait eu l'intention de prononcer, aux jeux Isthmiques[18], l'éloge et la censure des habitants de Thèbes, d'Athènes et de Lacédémone.

Il disait à qui voulait l'entendre que rien ne paraît extraordinaire au sage, et que la vertu des femmes consiste dans l'observation des mêmes règles que celles des hommes.

Il s'était couvert de gloire à la bataille de Tanagra, en tuant beaucoup d'hommes qui n'étaient pas de sa patrie.

On l'admettait dans quelques bonnes familles de la ville, bien que sa brusquerie fût faite pour décontenancer ; mais il avait l'art de prononcer de beaux discours, dont les esprits délicats

---

17 Du grec ancien Κυνόσαργες, Kunosarges (« chien agile »). Selon Diogène Laërce, c'était le nom d'un gymnase tout près du temple d'Hercule et des portes de la ville d'Athènes, pour d'autres ce serait le nom d'un autel dédié à Hercule par un citoyen d'Athènes et, par extension, autre nom mythologique du demi-dieu latin. Il est célèbre pour avoir donné son nom à l'école cynique.

18 Les Jeux isthmiques avaient lieu tous les deux ans, à partir de la moitié du VIème siècle av. J.C., en l'honneur de Poséidon au sanctuaire de l'Isthme, près de Corinthe

faisaient leurs délices.

« La Prudence, s'écriait-il une fois, est plus solide qu'un mur, parce qu'elle ne peut ni crouler ni être minée. »
Une autre fois, il disait :
« Le philosophe a dans l'âme une forteresse imprenable. »
Peut-être, en déclamant ces choses qui produisaient un grand effet, riait-il dans sa longue barbe rousse. Socrate lui avait souvent dit : « Antisthène, je vois ton orgueil à travers les trous de ton manteau. »

Un jour, sur la place publique, il avait une discussion des plus vives avec un citoyen austère qui prétendait qu'un charpentier était plus utile à la République qu'un orateur.
Antisthène, avec son esprit fin, fit sans doute valoir, en faveur de sa cause, une de ces mauvaises raisons dont il avait le secret et auxquelles il n'y avait rien à répondre.
Aussi son interlocuteur, à bout d'arguments, en fut-il réduit à lui reprocher de n'être Athénien que par son père, puisque sa mère était de Thrace. Le philosophe répliqua, avec beaucoup de sang-froid, qu'il ne fallait pas s'exagérer l'importance d'une nationalité qu'on partageait avec les colimaçons et les sauterelles.
La foule, qui faisait cercle autour des deux adversaires, applaudissait à cette riposte inattendue, quand un homme de haute stature, les cheveux épars, les yeux bouffis et rouges, se frayant des coudes un passage, vint se camper devant Antisthène et lui dit :
— Je m'appelle Diogène ; si tu veux, nous vivrons ensemble : tu seras le maître et moi le disciple.

Antisthène haussa les épaules et s'en alla. Mais son jeune admirateur le suivit avec cette humilité touchante et tenace des gens qui sont dans l'embarras. Antisthène, pour avoir la paix, usa de la prière, de la menace, même du bâton. Et, comme malgré tout il ne parvenait pas à éloigner l'importun, il finit par accepter sa compagnie.

II

Quelques personnes savent qu'Antisthène passe pour avoir préparé la voie philosophique à la doctrine stoïcienne. Celles-là se figureront aisément combien Diogène dut passer de mauvaises heures, pendant les cinq années qu'ils vécurent ensemble.

Antisthène menait rudement son disciple, qui dut apprendre à dormir sur la terre, à laisser croître sa barbe et ses cheveux comme une crinière, à boire de l'eau pure, à se nourrir de gros pois et de pain cuit sur la braise.

Lorsqu'il commençait à s'assoupir, pendant la grande chaleur, vers le milieu du jour, son maître, qui n'avait jamais sommeil à pareille heure, venait s'installer auprès de lui en disant que l'homme devait s'accoutumer à triompher du besoin. Alors Antisthène développait des considérations interminables sur l'immortalité de l'âme, sur la justice et sur la piété.

« La vertu, disait-il un jour avec emphase (c'était la fête des Libations, le 12 du mois Anthestérion[19]), la vertu est un bien qui ne peut être ravi ni par la guerre, ni par le naufrage, ni par les tyrans. Elle suffit pour rendre heureux ; elle est préférable à

---

19 Anthestérion est le huitième mois du calendrier attique ; il durait 29 jours compris approximativement entre le 21 janvier et le 21 février de notre calendrier actuel. Il tire son nom du mot grec Ἀνθεστηριών/Anthestèrion de la fête des Anthestéries en l´honneur de Dionysos.

la richesse, à la santé, aux plaisirs des sens ! Ainsi parlait Socrate, mon maître bien-aimé...

— Ah ! murmura Diogène avec une fatigue visible, il a pu en dire autant de la ciguë.

— C'est une bonne plante, interrompit soudain une voix railleuse ; j'en cultive trois arpents. »

Les deux Cyniques levèrent la tête et aperçurent un grand vieillard au teint hâlé, vêtu d'une peau de chèvre, qui tenait un gros sac de cuir d'une main et un hoyau de l'autre.

« Ah ! c'est toi, Timon ! s'écrièrent-ils ensemble ; comme tu as l'air gai !

— C'est vrai, répondit Timon le Misanthrope, je ris encore de l'air hébété d'Apémante qui vient de m'offrir à déjeuner. En finissant, il m'a dit : «Quel bon repas, Timon, nous avons fait ensemble ! – Oui, ai-je répliqué, j'espère bien qu'il va t'étouffer ! »

— Ah çà ! répondit Antisthène, tu ne te réconcilieras donc pas avec le genre humain ?

— Timon, ajouta Diogène, veux-tu t'asseoir un instant ici, et nous raconter ta vie que je suis curieux de connaître ?

— J'y consens, répondit le Misanthrope, quoique je sois pressé de porter les débris de viande que j'ai dans ce sac à mes loups de l'Hymette. Du reste, l'histoire de ma vie est courte.

« Je suis né d'Échécratide, dans le bourg de Colyte. J'ai été riche, distingué, religieux, confiant et tendre. J'ai offert aux dieux des hécatombes entières ; j'ai encouragé les arts et protégé les faibles. J'ai eu des amis, des maîtresses et des enfants. Mon patrimoine n'a pas résisté. Les amis et les femmes sont partis avec lui. Les enfants étaient morts un peu auparavant. Les dieux ont laissé ces choses se produire. Tout cela m'a fait du chagrin. Alors, en remarquant que ce que je croyais le mal était la loi du monde, j'en ai conclu que c'était le bien. Et encore !... Quoi qu'il en soit, j'ai transformé mon âme ; j'ai retourné mes idées comme je retournerai mon manteau quand ce côté-ci sera usé. Et j'ai bien vu que le jugement humain n'avait ni endroit ni envers. Jadis j'admirais la justice, aujourd'hui je suis tenté d'apprécier la force ; je respectais le courage, et maintenant je reconnaîtrais volontiers que la lâcheté est un sentiment plus délicat. J'aimais la vie folle des cités, je la trouvais émouvante ; je croyais aux joies pures de l'agriculteur laborieux, je vantais le soleil et la brise des champs. Maintenant je hais les villes, le chaud, le froid, la terre, le travail ; tout, du reste.

« Je suis beaucoup moins malheureux qu'autrefois, parce que le misérable spectacle de la société me procure des satisfactions. Comme je sais goûter les actes de perversité, de bêtise et d'ignorance, j'ai de fréquents sujets de gaieté.

« J'avoue qu'il m'arrive parfois de rencontrer un individu honnête et bon. C'est alors que je suis pris de ces accès de misanthropie qui me font descendre dans le Pirée pour y insulter les étrangers qui débarquent. Heureusement, là, mon humeur change vite. Je vois des mendiants estropiés, des filous, des prostituées. Quelquefois j'assiste à un incendie allumé par vengeance, à une mort subite, à une rixe entre matelots. Un jour même j'ai vu un jeune homme égorger sa maîtresse par amour et deux portefaix, qui s'interposaient sans motif. Ces petits incidents me permettent d'attendre patiemment l'arrivée des pestes asiatiques, l'éclat des séditions et des guerres générales. »

En prononçant ces derniers mots, Timon s'était levé. Il jeta son sac immonde sur ses épaules, et il s'éloigna en faisant, avec sa lourde pioche de bois, de grands gestes, comme un faucheur.

Diogène restait pensif. Alors Antisthène lui dit d'un air joyeux :
« Ne vois-tu pas que Timon est fou ? Il pense vraiment ce qu'il dit, ce pourvoyeur des loups et des corbeaux. Un jour, il y a bien longtemps de cela, il parla de façon à se faire massacrer par la populace. Rencontrant Alcibiade qui venait d'obtenir un grand succès dans l'assemblée, il alla lui serrer la main avec effusion, en disant : «Courage, mon garçon, je te devrai la perte des Athéniens. »

III

Après le frugal repas du soir, les deux philosophes, appuyés sur leurs bâtons, avaient coutume de gagner le Céramique et de s'y promener, en silence, sous les branches de myrtes et d'oliviers. Ils rencontraient, au tournant des allées, les hétaïres qui guettaient, de leurs prunelles brillantes, les jeunes gens de la ville, pour fuir devant eux en écrivant dans le sable, avec les clous rangés à cet effet sous leurs brodequins à haute tige : "Suis-moi."
Ils regardaient d'un air hautain ces filles folles dont l'amour coûtait trop cher pour eux ; et celles-ci riaient d'un ton moqueur, en voyant apparaître, à la tombée de la nuit, ces grands hommes barbus vêtus de manteaux troués et qui semblaient muets.

Lorsqu'ils avaient, à leur gré, suffisamment parcouru le bois, ils cherchaient quelque portique pour y passer la nuit. Mais souvent, en attendant le sommeil et comme en proie à une obsession, Antisthène marmottait des phrases inintelligibles sur ce qu'il appelait « l'impétueux commerce des femmes ».

Quand approchait la nouvelle lune, on pouvait remarquer, sur les visages des Cyniques, les indices d'une joie contenue mais forte. En voici la raison :

C'était une chose connue qu'à la première apparition du beau croissant, Hécate, la déesse des carrefours, se promenait dans les rues, accompagnée des âmes des morts et poursuivie par les hurlements des chiens. Aussi les riches, dans le but de se concilier une divinité qui passait pour redoutable, disposaient, sur le chemin qu'elle devait vraisemblablement parcourir, des paniers garnis d'œufs, de miel et de fromages.

Au lendemain, les paniers étaient vides.

Or les deux Cyniques, qui savaient bien pourquoi, voyaient revenir avec un plaisir toujours nouveau l'époque d'une solennité qui leur permettait de faire un solide souper, en parlant de sujets intéressants et divers avec tous les gueux de la ville, amis ou simples connaissances.

Quelquefois Antisthène se montrait d'une humeur joviale et gouailleuse qui plaisait énormément à son élève. Ainsi, un jour, un jeune homme du Pont promit de lui faire un riche présent lorsque son navire chargé de choses salées serait arrivé d'Asie. Antisthène, ayant fait signe à Diogène de prendre sa besace, mena le généreux étranger chez une meunière voisine et lui dit :

« Brave femme, emplis-moi ce sac de farine. Ce jeune homme te paiera quand arrivera son navire chargé de choses salées. »

Cette boutade fit beaucoup rire Diogène, qui déjà mordait avec une joie étrange au fruit amer du scepticisme.

C'est qu'en cinq années il avait appris bien des choses. Il avait perdu ces illusions de jeunesse qui enveloppent le cerveau et le protègent contre les premiers coups de la réalité. Il avait alors trente-deux ans ; il commençait à bien comprendre la vie et il connaissait le caractère des hommes.

Aussi, sans plus tarder, jugeant son maître ennuyeux, hypocrite, méchant et moins savant que lui-même, il chercha un moyen décent de le quitter.

Il ne trouva rien de mieux que de l'accuser publiquement de lui avoir volé trois olives. Antisthène indigné le chassa immédiatement du Cynosarge et, pour se consoler, entreprit un grand ouvrage, dans lequel il parlait successivement de la Gloire, du Chien, de la Musique, d'Hercule, de la Science, de la Procréation des enfants et de l'Amour du vin.

CHAPITRE TROISIÈME

I

Diogène était las de passer les nuits à la belle étoile, de se réveiller avec des douleurs dans la tête et de grands engourdissements. Il écrivit à un de ses anciens amis, qui lui devait beaucoup d'argent, de vouloir bien lui procurer une toute petite maison. L'ancien ami lui répondit qu'il y avait, dans le temple de la Mère des Dieux, un tonneau solide et confortable.

Diogène profita du conseil. Il s'empara du tonneau[20], défonça une des extrémités, garnit de paille les douves qui étaient un peu dures, et, tout heureux d'avoir un gîte, commença par y dormir vingt-quatre heures de suite, sans se retourner.

Pour premier usage de sa liberté, Diogène entama des relations avec une jeune marchande de dattes phéniciennes. Tous deux aimaient à s'égarer, le soir, sous les ramures du Céramique, où Antisthène ne venait plus. Et ils s'y livraient à des jeux impurs, comme s'ils avaient été réellement mariés. L'intimité dura pendant les mois de Thargélion[21] et de Scirophorion[22], et se termina d'une manière amicale et naturelle, par suite du dégoût réciproque.

---

20 En réalité, il s'agissait d'un *pythos*, une grosse jarre de terre cuite, destinée à renfermer des liquides ou des grains divers.

21 Thargélion est le onzième mois (ou douzième quand l'année en comptait 13) du calendrier attique ; il durait 30 jours compris approximativement entre le 23 avril et le 21 juin de notre calendrier actuel. Équivalait à mai.

22 Scirophorion est le dernier mois du calendrier attique. Le mois durait 29 jours compris approximativement entre le 23 mai et le 21 juillet de notre calendrier actuel. Grosso-modo, le mois de juin.

À quelque temps de là, Diogène, ne possédant rien pour son dîner, sinon une grande faim, se rappela qu'il connaissait, dans le quartier du Pirée, un riche marchand de tapis assyriens. Cet homme avait une femme que l'on disait charmante. Il s'appelait Milas, et mettait son plaisir à recevoir à sa table les parasites lettrés, les diseurs de banalités, les artistes et les philosophes : tous ces gens d'humeur vagabonde qui ne vendent rien et qui sont pauvres.

Diogène alla donc frapper à la porte de Milas qui le reçut d'un air triste et lui dit :

« Ma femme bien-aimée est morte. »

Sur ces entrefaites, un certain Eudoxe, qui était géomètre et astronome, arriva. Milas lui fit également part du funèbre événement. Puis il pria les deux visiteurs de vouloir bien partager son repas.

Ah ! que Milas était désolé ! Il ne se lassait pas de parler de son malheur.

« Ma femme, murmurait-il, avait de grands yeux bleus, des lèvres minces et roses, des dents éblouissantes. Sa voix était argentine ; ses cheveux sentaient bon ; ses réflexions, pleines de justesse et de poésie, me charmaient. »

Et Milas faisait d'intimes confidences :

« Si vous saviez comme elle riait follement lorsque je lui disais des choses tendres ! Elle acceptait toutes mes fantaisies ; elle avait, sous l'épaule gauche, un joli signe noir. Ma femme était adroite, polie, intelligente. Elle était légère comme la biche d'Artémis. »

Diogène écoutait cela avec une lourde oppression. Eudoxe essaya de consoler le malheureux époux. Il commença par dire que tout le monde était mortel, et, insensiblement, il en vint à causer des événements politiques, de la crise commerciale, du beau temps, de la science géométrique. À ce propos, il rappela l'anecdote de Pythagore immolant une hécatombe, après avoir découvert que le carré de l'hypoténuse du triangle rectangle était égal aux carrés des deux autres côtés.

Enfin l'amphitryon fatigué congédia ses convives. Eudoxe sortit tout content des belles phrases qu'il venait de tourner ; mais, pendant longtemps, Diogène conserva un aspect bizarre et chagrin.

Il était amoureux de la femme de Milas, cette inconnue qui était morte.

La malheureuse passion qui brûlait dans le cerveau de Diogène lui donna une fièvre terrible. Il ne prit aucun remède et guérit parfaitement. Alors, pour changer le cours de ses idées et achever de s'instruire, il résolut de parcourir la Grèce. Aussi, bientôt après, ayant placé son tonneau sous la protection de la divinité, se mit-il en route pour Lacédémone. Il emportait sa belle timbale d'argent, et il faisait tournoyer, d'un air capable, son grand bâton qui émerveillait tant Olympiodore, patron des étrangers.

II

Diogène franchit à gué le Céphise[23], traversa la ville d'Éleusis où l'on se préparait à célébrer des mystères en l'honneur de

---

23 Le Céphise ou Khèphisos, en grec ancien et grec moderne : Κηφισός, (autrefois Mavronero – Eau Noire) est un fleuve de Grèce coulant en Phocide et en Béotie. Il traverse l'Attique et se jette dans le golfe Saronique. Qualifié de « divin », ses sources se trouvent sur le territoire de l'ancienne cité de Lilée, Λίλαια, en Béotie, de nos jours à Paleókastro.

Perséphone, et, longeant les falaises, rencontra le port Nisée qu'il tourna dans la ville de Mégare. Arrivé à l'Isthme, il se dirigea vers Mycènes, en laissant Corinthe à sa droite. Il faillit être englouti dans l'Inachos[24] et dut, pour se remettre, rester quelques jours à Argos, ville consacrée à la déesse Héra. Enfin il atteignit Tégée et pénétra dans la Laconie.

Après ce fatigant voyage, Diogène, poudreux et déchiré par les ronces du chemin, gravissait le mont Menelaïon, lorsqu'il se vit en présence d'une dizaine d'individus à la mine suspecte.

C'étaient des Hilotes[25] qui avaient fui de Sparte à l'époque de la dernière Cryptie[26] et qui, depuis, s'occupaient de trancher le nez des hommes libres, après les avoir détroussés.

Diogène, qui avait une frayeur terrible, se prépara néanmoins à la résistance. Mais le chef des malfaiteurs s'avança vers lui, caressant sa belle barbe blanche, et dit de sa voix la plus tendre : « Frère, tu es le bienvenu. »

Le Cynique, blessé dans son amour-propre mais épargné dans sa peau, serra cordialement la main du vieux scélérat.

Après avoir dormi pendant deux heures dans une caverne de la montagne et s'être restauré avec une aile de coq rôti, des figues et du vin doux, Diogène crut devoir, en partant, reconnaître l'hospitalité très convenable qu'il avait reçue, en communiquant à ses nouveaux amis quelques réflexions philoso-

---

24 L'Inachos (en grec ancien Ἴναχος / Inakhos) est un fleuve de Grèce qui coule en Argolide, dans le sud du Péloponnèse ; également dieu, fils d'Océan et de Téthys.

25 Les Ilotes étaient les serfs des Lacédémoniens, et menaient la vie la plus dure. On les employait à labourer les terres ; quelquefois on s'en servait pour la guerre, et si l'on était content de leurs services, ils obtenaient la liberté. Leur nom venait de la ville d'Hélos, que les Spartiates prirent après un long siège, et dont ils firent tous les habitants esclaves.

26 Épreuve d'initiation qui achevait l'éducation du jeune spartiate. (Les jeunes gens devaient pouvoir survivre par leurs seuls moyens.)

phiques, seule monnaie dont il fût riche.

Il se leva donc et se mit à parler, en marchant de long en large :

« Hilotes voleurs, ne croyez pas que je méprise votre profession. Je me demande seulement si elle est assez lucrative. Car il ne faut pas se poser d'autre question, lorsqu'on songe au choix d'une carrière. En effet, celui qui travaille pour gagner sa vie est forcé, à toute heure du jour, de faire taire sa conscience, à moins qu'il n'en ait pas ; ce qui revient au même.

« Vraiment on ne pourrait, sans reculer d'horreur, examiner l'ensemble des actions d'un homme quelconque dans le miroir de l'équité.

« J'applique d'une manière égale ce que je viens de dire aux agriculteurs, aux montreurs d'ours, aux sophistes, aux marchands, aux banquiers, aux prêtres, aux patrons de navires, aux médecins, aux Archontes[27] d'Athènes et aux Éphores[28] de Sparte.

« Hilotes, je laisse donc de côté la question morale qui n'a rien à voir en pareille matière, et me plaçant au seul point de vue de votre intérêt, je me sens pris d'une douce pitié. Car, nul de vous ne l'ignore, vous tombez sous le coup des lois faites par les hommes pour être appliquées spécialement à ceux qui ne les acceptent point.

« Il est certain qu'un jour les soldats s'empareront de vos per-

---

27 Dans la Grèce antique, les archontes (en grec ancien ἄρχοντες/árkhontès, de ἄρχω/árkhô, « commander, être le chef ») sont des dirigeants politiques, nobles, présents dans la plupart des cités grecques. Dans l'Empire byzantin, ce titre revêt une charge administrative différente selon l'époque.

28 Les éphores étaient des magistrats chargés de veiller à tout ce qui intéressait le bien de la république. Leur nom signifie *inspecteurs*. Ils avaient inspection sur les rois eux-mêmes, qu'ils faisaient mettre en prison lorsqu'ils le jugeaient nécessaire. Il n'est donc pas étonnant qu'ils ne se levassent pas devant les rois, et qu'au contraire les rois se levassent devant eux, au rapport de Plutarque dans ses *Préceptes politiques*.

sonnes, et vous serez précipités dans le gouffre Barathre[29]. Pourtant, à ce propos, laissez-moi vous dire qu'il ne faut pas envisager la mort comme une chose pénible, et qu'il est bon, surtout dans votre position, de s'y préparer de bonne heure, afin de la recevoir dignement, dans une attitude calme et distraite.

« Mais il me semble remarquer une certaine tristesse sur vos visages et je ne veux pas insister davantage. Qu'il me suffise de vous rappeler que des puissances supérieures veillent sur tous les enfants de la Grèce. Ainsi Poséidon sauve des flots les marins intrépides ; Arès garde les guerriers ; Aphrodite favorise les femmes qui font l'amour ; Pallas, celles qui ne le font pas. Et tandis qu'Héraclès donne la force aux hommes courageux qui massacrent les brigands, le dieu Hermès, que vous adorez, protège les voleurs actifs et intelligents. »

Cependant le soleil déclinait à l'horizon. Diogène s'éloigna d'un pas rapide, pour arriver à Sparte avant la nuit noire. Il descendit vers la plaine où il rencontra l'Eurotas, fleuve qui vient des plateaux d'Arcadie. Il y prit un bain très court, et, rajustant son affreux manteau sur ses épaules, il pénétra dans la «creuse Lacédémone ».

On y observait, depuis quatre cents ans, des lois sévères et sages.

Il fallait partager les récoltes, se servir d'une lourde monnaie de fer, dédaigner les parfums et les ornements. Les marchands, les orateurs, les devins et les charlatans étaient bannis ; les célibataires, notés d'infamie. On ne pouvait employer, dans la construction des maisons, d'autres instruments que la scie et la

---

[29] Le Barathre (en grec ancien : βάραθρον/bárathron) est une fosse, un ravin ou un gouffre d'Athènes, sur le territoire de la tribu des Œnéides (bourg des Céraïdes). Y étaient précipités les condamnés à mort à l'époque de la Grèce antique. Il est assimilé ici au Céadas de Lacédémone, et parfois même confondu avec lui.

cognée. Il était de règle que les jeunes filles parussent à peu près nues dans les cérémonies publiques, afin d'être moins séduisantes. Nul n'avait le droit de payer ses dettes.

Telle était, dans ses parties essentielles, la puissante législation de Lycurgue[30], citoyen célèbre qui éleva un temple à Pallas Ophthalmitide, en souvenir de l'œil qu'il dut laisser sur la place publique, le jour où il exposa son plan d'une meilleure répartition de la richesse domestique.

Diogène songeait à ces choses, en marchant au hasard dans les rues étroites, bordées par de vilaines maisons très basses. Il atteignit ainsi une place où une partie de la population s'était assemblée pour jouir d'un spectacle assez curieux.

Des jeunes garçons de douze à quinze ans, absolument nus, se plaçaient tour à tour sur l'autel d'Artémis Orthia, où des magistrats intègres les fouettaient jusqu'à l'effusion du sang.

Diogène, très intrigué, voulant connaître le but de cette pieuse cérémonie, s'adressa à une jeune Lacédémonienne qui, fort en peine de voir, se levait à côté de lui, sur la pointe des pieds.

« C'est, répondit cette dernière, la fête des Bomonices. Ceux qui supportent les coups sans se plaindre et sans mourir, reçoivent le titre de Victorieux à l'autel[31].

— Ah ! très bien ! » fit Diogène ; et désirant remercier son interlocutrice par une réflexion galante, il s'embrouilla dans une longue phrase qui finit par signifier qu'il aurait eu grand plaisir à ce qu'une aussi jolie fille fût un jeune garçon.

Il lui demanda son nom, entendit qu'elle s'appelait Ampélis et en prit poliment congé.

---

30 Législateur légendaire du IXe-VIIIe s. avant J.-C., à qui la tradition antique attribue l'ensemble des institutions spartiates.

31 *Bomonices*, victorieux à l'autel, de βῶμος, autel, et de νίκη, victoire.

Diogène reprit sa course à travers la ville. Il vit des guerriers qui revenaient de l'exercice ; des gens d'un aspect ordinaire qui causaient entre eux ; des esclaves, surveillés par leurs maîtres, qui travaillaient ; d'autres qui, n'étant pas surveillés, ne faisaient rien. Il aperçut encore des femmes qui allaitaient leurs enfants ; des gamins qui, pour s'amuser, se jetaient de grosses pierres à la tête ; des citoyens qui erraient dans un état d'ivresse propre à faire réfléchir les jeunes Hilotes.

Il traversa l'Hippodrome désert et arriva devant le pont d'Héraclès qui menait au Plataniste[32].

III

Dans cet endroit ombragé d'arbres magnifiques, il y avait une foule considérable, venue pour entendre une conférence du philosophe Hippias d'Élis, sur la gloire immortelle des grands hommes de Sparte.

Diogène entendit la péroraison du discours :

« Spartiates et Lacédémoniens, j'ai voulu retracer les vertus de vos morts illustres. Peut-être la tâche était-elle au-dessus de mes faibles forces ! Mais, pourtant, je veux croire que l'orateur qui s'inspire d'un si noble sujet ne peut dire que des choses utiles à la mère-patrie.

« Et maintenant j'ai adressé un dernier adieu à ces ombres majestueuses : Lycurgue, Léonidas, Agis, Pausanias, Cléombrote et tant d'autres que nous vénérons. Laissez-moi tourner les yeux vers l'avenir.

« J'aperçois des générations robustes et intelligentes. Elles se transmettent perpétuellement les sévères traditions des an-

---

32 Platanaie servant aux exercices gymnastiques de la jeunesse de Sparte.

cêtres et leurs grands sentiments qui ont fait de Sparte la reine de la Grèce et le flambeau du monde. »

Des applaudissements effroyables retentirent de toutes parts. Hippias, le front en sueur, le teint livide et le dos courbé, descendit péniblement du banc qui lui avait servi de tribune et sur lequel les assistants vinrent tour à tour déposer une modeste offrande.

Diogène méditait en regardant la vaste tête d'Hippias. Il pensait qu'autrefois, sous ce crâne luisant où flottaient encore quelques touffes blanches, s'étaient abritées des idées extraordinaires que personne n'applaudissait ni ne comprenait.

Quand la foule se fut retirée, Diogène s'approcha d'Hippias qui mettait sa recette dans un sac, et lui dit en riant :
— Maître, je te salue. Tu viens de faire un admirable discours.
Hippias leva la tête et répondit, en clignant de l'œil :
— Jeune homme, je crois t'avoir déjà rencontré au Cynosarge. N'es-tu pas disciple de mon ami Antisthène ?
— En effet, maître, je suis Diogène. J'ai été le disciple du vieux Chien. Mais je l'ai quitté depuis un certain temps.

Hippias reprit :
— Alors tu es content de mon discours. Du reste, j'en suis très satisfait moi-même. Il réussit partout. Je l'ai déjà prononcé quatre ou cinq fois ; il me suffit d'y changer quelques mots. Je célèbre, en Achaïe, la gloire immortelle des grands citoyens d'Ægion ; en Arcadie, celle des grands citoyens de Mégalopolis, et ainsi de suite.
— Ah ! fit Diogène avec déférence, tout à l'heure, tu n'étais donc pas sincère ?
— Fou ! s'écria Hippias, t'imagines-tu donc qu'il soit possible

d'oublier les leçons de ces fiers sophistes qui démontraient le pour et le contre et réfutaient l'évidence ? Crois-tu que j'aie été pour rien le disciple de Prodicos qui niait les Dieux ; de Zénon d'Élée qui niait le Temps, l'Espace et le Mouvement ; de Protagoras qui niait la Vérité, les Lois et la Vertu ; de Gorgias de Léontini qui prétendait que rien n'était réel et qui le prouvait ? Non, non ! Mais je suis vieux et pauvre. Il faut que je gagne de l'argent sans trop me fatiguer. Au temps de ma jeunesse, j'aurais pris plaisir à réfuter immédiatement le discours que tu viens d'entendre ; mais, maintenant, je suis résolu à ne plus dire que la moitié de ce que je pense. Suivant l'occasion, j'affirme ou je nie simplement. Adieu, Diogène.

Hippias s'en alla. Diogène fut sur le point de courir à sa poursuite pour lui emprunter deux ou trois drachmes ; mais il réfléchit que le vieux philosophe les refuserait, et il aima mieux ne pas s'exposer inutilement à un torrent d'injures.

Il se demanda ce qu'il allait faire, et, ne trouvant rien à se répondre, il s'étendit au pied d'un platane où il ne tarda pas à s'endormir. Il rêva que Sparte était Athènes ; qu'Antisthène était Hippias ; que toutes les villes étaient laides et sales ; que tous les hommes étaient des fripons ; et qu'il avait souvent, au clair de la lune, conduit la jeune Ampélis sous les arbres du Céramique, pour y chercher dans l'herbe les gentils lézards et les scarabées.

Quand Diogène s'éveilla, le soleil débouchait de l'horizon, l'air était frais et pur, la campagne resplendissait. Il jugea qu'il connaissait suffisamment Sparte et sortit de la ville.

CHAPITRE QUATRIÈME

I

Un jour, des gamins, qui se rendaient à l'école buissonnière, aperçurent, discrètement rangé sous le portique d'un temple, le tonneau de Diogène, ce logis trop large mais un peu court, dans lequel le philosophe pénétrait les pieds en avant lorsque le ciel resplendissait d'étoiles, et la tête la première par les nuits pluvieuses.

« Ah ! fit remarquer le plus grand de la bande, voici la niche du chien Diogène. Si nous l'emplissions d'ordures ?
— Non, répliqua vivement le plus petit, il vaut mieux planter, autour, des clous dont la pointe dépassera intérieurement.
— Oui, oui, c'est cela, Miltiade a raison, s'écrièrent en chœur tous les jeunes enfants. Mais qui nous fournira les clous et le marteau ?
— Je m'en charge, » fit d'un air entendu le petit Miltiade en se mettant à courir.

Il alla tout droit chez son oncle qui était constructeur de barques dans le quartier de Phalère et qui l'aimait de tout cœur.

« Mon oncle, lui dit-il encore tout essoufflé, j'aurais bien besoin de clous...

— Allons, répondit celui-ci, tu as envie de te blesser ? »

Mais Miltiade fit semblant de ne pas avoir entendu et s'empara d'énormes pointes de fer.
Ensuite il ajouta :
« Mon oncle, j'aurais aussi bien besoin d'un marteau...
— Je ne t'en confierai plus, répondit le charpentier, car tu as perdu celui que tu avais emporté pour casser des noix dans les champs, lors des dernières Dionysiaques, le jour de la fête Iobachée... Un marteau qui m'avait coûté cinq drachmes !... Non, par Héraclès ! je ne t'en confierai plus.
— Oh ! mon oncle ! supplia l'enfant.
— Non, non, non ! Du reste, je ne veux pas que tu te serves de ces dangereux outils. Vois dans quel état je me suis mis la main hier, en heurtant une méchante petite pointe... Et d'ailleurs, qu'est-ce que tu as imaginé de faire ? »

Les joues du petit Miltiade étaient devenues rouges comme des pommes d'api, et il ne répondit rien.
Alors l'oncle prit un air sévère :
« Je gage que tu as quelque mauvaise idée en tête ? »

L'enfant tenait les yeux baissés et se grattait l'oreille.
« Tu penses construire une boîte pour enfermer des chats volés aux vieilles femmes ?... ou bien tu veux accrocher des chauves-souris, par les ailes, à la porte de quelque usurier ? »

Miltiade se borna à remuer la tête, en signe de dénégation ; mais, au même moment, il vit que son oncle, fâché pour tout de bon, allait le mettre à la porte. Il fit un effort sur lui-même et dit d'une voix basse et rapide :
« Tu sais, en passant par là-bas, nous avons vu la niche de

Diogène. Alors nous avons pensé que ce chien allait bientôt revenir. Alors Ævéon a dit qu'il fallait lui faire une farce. Alors moi j'ai dit qu'il fallait garnir le tonneau de clous. En arrangeant bien la paille, le Chien n'apercevra pas les pointes. Et puis, il ne se couche qu'à la nuit. »

Le charpentier avait écouté en souriant :
« Ah ! le garnement ! fit-il... Tiens, voilà un marteau ; aies-en bien soin. Fais-moi voir les clous que tu as pris... Oh ! mais ils sont beaucoup trop courts et trop gros ! »
L'artisan alla vers un casier où il fouilla de sa main rude. Il tria une centaine de clous bien longs et affilés comme des dents de renard, et, les tendant à l'enfant, il ajouta :
« Prends ceux-là, petit. Ils ne feront pas éclater le bois ; surtout enfonce-les bien droit. »

Miltiade, radieux, partit à toutes jambes. Son oncle le suivit quelque temps du regard ; puis il rentra dans l'atelier où travaillaient deux vieux esclaves dépréciés.
Comme il était de joyeuse humeur, il leur raconta le bon tour qui se préparait ; et son récit fit rire à gorge déployée les deux nègres ainsi qu'ils riaient autrefois en Éthiopie.

II

Cependant, sur la place au milieu de laquelle s'élevait le temple de Cybèle, le grand Ævéon dirigeait les préparatifs.
D'abord, on avait couché le tonneau sur le flanc ; on l'avait roulé le long du portique jusqu'à l'escalier de marbre ; mais au bord de la première marche, il s'était échappé des mains qui le tenaient et, par trois bonds, il avait sauté sur le sol en gron-

dant. Là, les enfants lui prirent tout ce qu'il possédait : des croûtes de pain et des petits morceaux de laine qui devaient provenir des trous d'un manteau.

Et tandis que ce grotesque corps de bois enfonçait son large ventre dans le sable, la troupe joyeuse se mit à danser autour de lui, en criant à tue-tête une chanson populaire de l'époque qui n'avait aucun sens.

On aperçut enfin Miltiade qui accourait de toute la vigueur de ses petites jambes. Il arriva vite. Le grand Ævéon, à cheval sur le tonneau, se fit remettre le marteau avec une poignée de clous et commença à frapper d'une manière retentissante.

« Assez ! assez ! s'exclamèrent tous les gamins, quand il eut planté le dixième clou dans toute la longueur d'une douve.
— Soyez tranquilles, répondit Ævéon avec autorité, il y en aura partout... même dans le fond. Le Chien aura un beau collier de force. »

Les impatients de la bande poussaient déjà le tonneau pour lui faire montrer une nouvelle place où vinssent plonger les dards de fer.

Ævéon, voulant se cramponner, étendit les mains comme s'il cherchait une crinière ; mais ses ongles glissèrent sur les lattes, et le tonneau l'envoya rouler dans le sable, ainsi qu'un bœuf couché dans la prairie jette parmi les herbes, d'un mouvement de sa puissante échine, un jeune chien qui le tourmente.

Ævéon se releva en maugréant, au milieu de bruyants éclats de rire. Car la foule déjà s'était assemblée, et les curieux se retrouvaient à ce rendez-vous qu'ils ne s'étaient pas donné. Vraiment on dirait que, dans les villes, les gens oisifs devinent où sont les spectacles, ainsi que les mouches volent d'instinct vers les cadavres et les fleurs.

Les assistants s'intéressaient aux efforts des gamins, et bien que quelques-uns d'entre eux ne comprissent pas nettement ce qui se passait, néanmoins tout le monde s'amusait réellement.

Ævéon, que sa chute et les plaisanteries des autres avaient mis de mauvaise humeur, ne voulut plus s'occuper de rien. Alors un jeune homme, qui s'était arrêté parmi les spectateurs, se chargea d'achever la tâche, et planta les clous d'une manière assez habile pour dessiner, avec leurs têtes, des poignards et des glaives. Cet artiste de bonne volonté se nommait Apelle ; c'était un élève du peintre Pamphile, venu de Sicyone pour étudier les chefs-d'œuvre de l'art athénien.

Sur ces entrefaites, l'oncle de Miltiade arriva. Il avait fermé son atelier plus tôt que de coutume, afin de venir un peu voir où les choses en étaient. Il apportait un sac de clous quadrangulaires qu'il avait trouvés dans un coin de sa cave, où il s'était rappelé vaguement les avoir autrefois déposés.

En jouant des coudes, il parvint au premier rang, et, après un rapide examen, il se mit à l'œuvre, lançant à toute volée son marteau habituel dont il s'était chargé, avec l'air grave d'un vieux charpentier qui se livre aux exercices de sa profession. Quand il eut vidé son sac, il s'accroupit devant l'orifice du tonneau, et là, frappant à l'intérieur de tous les côtés, il enchevêtra les clous, les croisa, les tordit, à gauche, à droite, en haut, en bas, partout où son bras pouvait atteindre.

Lorsqu'il se recula, le tonneau avait perdu son aspect réjouissant et débonnaire. C'était désormais un animal féroce brutalement excité, un monstre fantastique qui ouvrait une large gueule mauvaise, à plusieurs mâchoires armées de mille dents épouvantables.

III

La foule avait grossi lentement, comme en un jour de fête ou d'émeute.

Un grand brouhaha s'élevait de la place envahie. Les curieux qui se pressaient dans les rues adjacentes demandaient ce qui était arrivé, et les bruits les plus contradictoires circulaient dans les groupes.

« C'est un discours, disaient les uns ; - c'est un cheval mort, soutenaient les autres ; - c'est un sacrilège... - ce sont des singes et des baladins.» Des chiens perdus couraient en tous sens, effarés et muets. Les hommes et les femmes se donnaient des poussées rudes, sans ménagement ni colère. Des enfants, portés dans les bras, criaient.

La foule augmentait sans cesse, avec une forte rumeur. Les exclamations et les appels, lancés à pleins poumons, passaient sur des centaines de têtes, allant au loin, ainsi que des mouettes glissent sur les vagues innombrables, avant l'orage. Des hommes du peuple qui portaient des viandes rouges sur leurs épaules nues, sifflaient, avec deux de leurs doigts, des notes stridentes. Une poussière épaisse s'élevait en brillant, dans le soleil.

Tout à coup, une voix tonna : « À la mer ! » Ce fut une révélation. Cinq ou six mille personnes se mirent à hurler sans trêve, comme si elles fussent venues pour cela :« À la mer !... À la mer !... »

Les curieux de la première heure, les initiés, essayèrent de parlementer. On faillit les mettre en pièces, dans l'élan général. Sur la place, on s'écrasa jusqu'à ce qu'une trouée fût faite. Alors le tonneau, tournant comme une vrille formidablement emmanchée, pénétra dans la cohue. Il traversa des jardins et des places, une suite de quartiers, puis, s'enfonçant dans toute la longueur d'une rue droite, il vint se précipiter dans le Céphise.

La foule s'étendit rapidement sur la rive, curieuse de savoir pourquoi elle avait ainsi crié et couru.

Elle aperçut avec stupeur un tonneau de grandeur ordinaire qui prenait lentement le fil de l'eau, pendant que des énergumènes, longeant la berge, lui jetaient des pierres qui coulaient bas, sans l'atteindre.

Elle accompagna machinalement cette épave insolite qui s'en allait, avec un petit balancement, jusqu'à l'embouchure du fleuve.

Là, les citoyens d'Athènes, avant de retourner à leurs affaires urgentes, s'arrêtèrent un instant, pour rien, sans même avoir eu l'idée de rire.

Et devant leurs yeux le simple tonneau, tout paisible et débarrassé des hommes, partit sur les flots immenses où passent à tire-d'aile les navires aux voiles blanches et où le ciel se baigne à l'horizon[33].

---

33 Historiquement, des gamins détruisirent le *pythos* de Diogène. Mais les citoyens se cotisèrent pour le remplacer par un neuf.

CHAPITRE CINQUIÈME

I

Cependant Diogène avait, de son côté, repris le chemin d'Athènes. En s'éloignant du petit bourg de Sellasie, il n'avait plus reconnu sa route et s'était vu contraint de demander quelque renseignement.

Le premier passant qu'il avait consulté s'était empressé de lui indiquer un sentier dans l'est ; un second passant s'était contenté de lui montrer du doigt un bois dont le sombre profil se perdait à l'ouest, dans la brume.

Le Cynique, sans remarquer leurs réponses, avait persisté à marcher droit devant lui, à tout hasard. Bien lui en avait pris, car il avait revu Tégée, plus tard la ville d'Argos et Mycènes.

Lorsqu'il rentra dans sa patrie d'adoption, il ne trouva pas que de grands changements s'y fussent accomplis.

Il vint présenter ses devoirs à Antisthène, qui le reçut froidement. Il ne manqua pas de faire visite, vers l'heure du repas, au brave Milas, qui s'était remarié et qui le congédia d'une manière rapide. Enfin Diogène alla voir ses amis Phérécrate et Olympiodore, ainsi qu'un chien de forte taille qu'il connaissait, dans le quartier de Mélitte.

En passant devant la demeure de Platon, il remarqua, sur le

vestibule, l'inscription suivante :

« Que nul n'entre ici sans savoir la géométrie. »

Cela fit ricaner Diogène qui méprisait également les mathématiques, l'astrologie et la musique. Il demanda à voir le célèbre philosophe ; un esclave lui répondit qu'il était alors à Syracuse, auprès du roi Denys. Diogène n'insista pas ; mais il alla conter partout que Platon se faisait entretenir par un tyran.

Aussi, lorsque ce dernier revint de Sicile, un ami commun lui ayant immédiatement révélé les propos de Diogène, il alla se promener dans l'Agora où il vit le Cynique modestement occupé à préparer son repas. Il se pencha à son oreille et lui dit tout bas :
« Si tu avais fait ta cour à Denys, tu ne serais pas réduit à éplucher des herbes…
— Et toi, cria de toutes ses forces Diogène, si tu avais épluché des herbes, tu n'aurais pas fait ta cour à Denys ! » La foule s'ameuta subitement, et Platon dut s'esquiver, poursuivi par les invectives d'un peuple libre[34].

Diogène ayant rencontré Apémante, le seul ami de Timon, lui en demanda des nouvelles.
« Hélas ! répondit Apémante, ne sais-tu donc pas que ce gueux est mort ? »
Et, voyant Diogène tout surpris, Apémante continua :
« Figure-toi qu'il y a quinze jours, des petits pâtres qui conduisaient, dès l'aube, leurs brebis sur la pente de l'Hymette, entendirent de grands éclats de rire qui se répercutaient dans la montagne… Les enfants, ayant très peur, s'enfuirent. Pen-

---
34 En fait, il s'agissait d'Aristippe. (cf. *Vie des Philosophes* de Diogène Laërce, Aristippe, liv. II, 68)

dant quatre jours, on entendit, du pied de l'Hymette, retentir les accents d'une joie sonore qui semblait être celle d'un dieu. Les prêtres ordonnèrent des offrandes et prédirent des événements terribles.

« Enfin le cinquième jour, comme la montagne était redevenue silencieuse, quelques curieux se hasardèrent à la gravir. Ils arrivèrent bientôt devant un châtaignier, au tronc duquel Timon était adossé. Le Misanthrope s'était brisé la jambe droite en tombant de l'arbre, et il était mort, sans doute de fièvre ou peut-être parce que ses loups avaient commencé à le manger.

— Voilà un événement bien tragique, dit Diogène ; et qu'a-t-on fait du cadavre ? »

Apémante répondit :
« On l'a enterré près de la mer, à Halès ; et on a mis sur sa tombe l'épitaphe qu'il s'était composée : « Passant, ici gît un corps dont tu n'as pas besoin de connaître le nom. Puisses-tu avoir une fin misérable ! » Quelques jours après, le terrain du rivage s'est éboulé, et les flots ont entouré le sépulcre, comme pour le rendre inaccessible aux hommes. »

II

Cependant Diogène s'occupa de sa réinstallation. Pour l'indemniser de la perte de sa pauvre demeure, quelques braves gens du Pirée imaginèrent d'ouvrir une souscription, où l'on recevait les dons en argent et en nature.

Les Athéniens se montrèrent généreux. Ils aimaient beaucoup Diogène, tout en étant un peu jaloux de son sort ; car le Cynique vivait insouciant et joyeux, libre d'attaches, sans serviteurs, ni femme ni petits enfants.

Les dons en argent montèrent à huit cents drachmes ; mais, par suite de circonstances, cette somme ne fut jamais remise à Diogène. Les dons en nature furent très nombreux. Il arriva trois peaux d'ours, six manteaux, cent cinquante œufs de poule, une grande tonne d'huile en terre grise et vingt outres couvertes de poils de chèvre, pleines de blé et de haricots.

Pour sa part, Diogène obtint un beau manteau vert, plus la tonne en terre grise que les braves gens du Pirée vidèrent dans leurs bonnes cruches, jusqu'à la dernière goutte, afin d'en faire un logis bien sec.

Alors Diogène, revenu sous le portique de Cybèle, la Grande Mère, fonda brusquement un système de philosophie sans avenir : celui de la Tranquillité. Était-ce même un système ? Voilà bien la première chose dont Diogène ne s'occupa point. Mais il aurait pu sans doute poser solidement son temple sur des principes, le charpenter avec des raisons hautes et le couvrir de quelque majestueuse théorie formant fronton.

Dans son livre intitulé « *Mégarique* », Théophraste rapportait que Diogène avait pris son idée d'une petite souris qu'il avait vue courir.

Quoi qu'on doive en penser, il y eut un remarquable émoi dans la ville lorsque se répandit cette rumeur : « Diogène ouvre une école où il enseigne une doctrine nouvelle. » Car, ainsi qu'il est dit aux Actes des Apôtres : « Les Athéniens et les étrangers qui demeuraient à Athènes ne passaient tout leur temps qu'à dire et à entendre dire quelque chose de nouveau. »

Aussi Diogène, qui restait pendant les heures de soleil au Pompéion, se vit-il bientôt entouré d'une foule sympathique. Il laissa les gens faire sans rien dire ; et, pendant deux mois entiers, un monde intelligent et curieux vint se ranger sous les yeux du philosophe qui l'examinait d'un regard circulaire ou n'y prenait garde, se causant à lui-même, dormant, lavant son manteau, faisant sa cuisine ou s'éloignant d'un air grave.

Vers le troisième mois, lorsqu'une centaine de personnes tenaces se trouvèrent assemblées sur la place, Diogène s'assit par terre, croisa lentement ses jambes et prit la parole en ces termes :

« O hommes athéniens, je vais vous enseigner la sagesse.

« Contre votre bonheur, deux ennemis conspirent : d'abord vous-mêmes, ensuite tout le reste. Avec vous-mêmes, le mieux est d'agir comme vous l'entendez. Quant au reste, dans les rapports auxquels vous êtes soumis avec les individus, les lois et les forces naturelles, il faut vous comporter ainsi qu'il vous est possible.

« Maintenant je vous quitte pour aller chercher au bois les champignons nécessaires à mon repas du soir, ô hommes athéniens. »

Diogène se leva et traversa la foule.
Un auditeur, qui le trouvait trop fier, lui cria :
« Je demande moins d'insolence à un homme pendu en effigie[35].
— Misérable, lui répondit avec calme Diogène, c'est ce qui m'a rendu philosophe. »

Un cabaretier reprit, pour faire l'important :
« Ceux de Sinope t'ont chassé de leur pays.
— C'est vrai, répliqua Diogène ; moi, je les y ai laissés. »
Et, drapé comme un empereur dans son manteau vert d'où

---

35 Allusion à sa mésaventure sinopéenne.

sortaient ses grandes jambes nues, il regarda fixement l'auditoire où les uns vociférèrent, où les autres applaudirent : ainsi qu'il y a toujours des gens satisfaits et des mécontents.

De ce jour, Diogène se livra paisiblement à toutes les excentricités, dans la belle Athènes, n'ayant souci ni des mœurs ni du texte des lois.

Il ne s'imposait aucune contrainte et quelquefois il se promenait nu, pendant les grandes chaleurs, en faisant des gestes indécents[36].

Cela ne devait le mener à aucune position sérieuse.

Se trouvant sur un vaisseau qui allait à Égine, il fut pris par des corsaires dont Scirpalos était le chef, et qui exerçaient, au péril de leur vie, ce métier courageux et dur de ravir les biens et la liberté des autres.

Par leurs soins, Diogène fut conduit en Crète, l'île bienheureuse des archers doriens, pour être exposé dans un bazar d'esclaves.

III

Dans la ville de Cnossos, où régna le divin Minos, il existe un grand marché de femmes et d'hommes.

Vers la douzième heure du jour, les marchands, sortant de la voûte qui précède la cour ronde, amènent leurs esclaves et les poussent à la base des colonnes en marbre noir.

Voici, sur le premier rang, les beaux garçons d'Égypte, les eu-

---

36 Il se masturbait ainsi un jour sur l'Agora – ou pas loin – disant : « Ah ! Si l'estomac était aussi facile à contenter... »

nuques à la peau douce, les bouffons, les filles d'Asie et les joueuses de harpe. On a rangé derrière ces esclaves de luxe, dont les pieds sont blanchis à la craie pour indiquer qu'ils n'ont pas encore servi, des nègres aux cheveux crépus et de lourds athlètes.

Dans le fond, on aperçoit encore quelques individus coiffés d'un bonnet et par suite vendus sans garantie. Ce sont des esclaves âgés ou vicieux : les uns marqués au front du fer rouge ; les autres à l'oreille, d'un coup de rasoir. Et puis les femmes enceintes et des petits enfants.

Déjà les enchères viennent de s'ouvrir et les acheteurs s'empressent autour de la plate-forme, sur laquelle on fait successivement monter les esclaves, pendant que les jeunes fils de famille circulent, en devisant, sous la colonnade.

Le crieur lit, de sa grosse voix, la tablette suspendue au cou de chaque sujet :
« Pyrias - né en Bithynie - n'est pas enclin au vol, ni à la fuite, ni au suicide : - au prix de trois mines.
« Zopyrion - d'origine inconnue - sujet à l'épilepsie - caractère doux : - deux cents drachmes.
« Thratta - femme de vingt-cinq ans - née en Thrace - garantie féconde - bonne prostituée - manquent deux dents - à vendre : sept mines.
« Tibios - Paphlagonien très robuste - connaît la grammaire et la poésie - ivrogne - nage bien - occasion : cinq mines.
« Sacas - joli Mède âgé de seize ans - bien épilé : quinze mines ; - tout châtré : vingt mines.»

Diogène assis sur la marche d'un escalier, soutenant sa tête dans la paume de ses mains, vêtu de son manteau vert dont la brise marine a fortement altéré la couleur, regarde avec intérêt ce spectacle dégradant et nouveau. Il pense bien des choses : au beau temps qu'il fait, aux charmes de l'oisiveté, à ses amis d'Athènes.

Comme Platon, comme Antisthène s'amuseraient tout à l'heure s'ils étaient là pour assister à sa vente ! Au fait, qu'est-ce qu'il va bien pouvoir coûter ? Sans doute moins qu'une vierge, qu'un eunuque, qu'un jardinier, moins que rien : la valeur d'un philosophe. Qui sait cependant ? Il pourrait convenir à un amateur, curieux de compléter une collection de philosophes n'ayant pas réussi. Lui Cynique, à côté de l'Érétrien, de l'Olympique ou du Philalèthe[37], prendrait rang et serait d'un bon usage pour discuter avec les fournisseurs, amener des courtisanes et chasser les mendiants !

Enfin, voici le tour de Diogène venu. Un de ses maîtres le pousse d'une manière brutale sur le socle des enchères. Le crieur lui arrache son manteau, mettant à nu son buste puissant, ses larges épaules, ses cuisses maigres et musculeuses.
« Que sais-tu faire ? demande un fabricant d'épées.
— Mépriser les hommes pour te servir, » répond Diogène en s'asseyant négligemment sur la pierre.

Mais d'un coup de fouet Scirpalos le fait relever.
« Crieur, reprend le philosophe, appelle ce gros homme qui a sur sa veste une si belle bordure ; il doit avoir besoin d'un maître. »

Et Diogène désigne, en parlant ainsi, Xéniade, célèbre marchand de Corinthe. Celui-ci s'approche en souriant.

---

[37] « Ami de la vérité ». Ultérieurement, douzième et dernier grade d'une personne initiée au rite maçonnique des *Philalèthes*.

« Achète-moi donc, dit Diogène ; je t'assure que tu me plais. »

Un rude cultivateur, qui a besoin d'un homme alerte pour tourner un manège, met quelques enchères ; et c'est bien trois mines que doit payer le Corinthien Xéniade pour emmener Diogène dans sa ville.

Ce dernier reprend, avec un mouvement de plaisir, son vêtement et sa besace usée, dans laquelle les pirates n'ont pas soupçonné la présence d'une timbale d'argent aux profondes ciselures.

L'esclavage est encore ce qu'on a trouvé de plus charitable à offrir aux gueux.

En échange du simulacre de liberté qu'ils perdent, ils acquièrent la certitude d'obtenir une alimentation suffisante, d'être soignés en cas de maladie.

Accouplés pour la reproduction à des créatures saines, ils n'ont pas l'entretien des enfants qu'ils font, ni la charge de leurs vieux parents. Ils peuvent rester crasseux, s'enivrer du vin de Leucade mêlé de plâtre, devenir sourds et se livrer à des actes immondes, sans compromettre leur situation.

IV

Sur le port de Cenchrée, à soixante-dix stades de Corinthe, Xéniade habitait un palais renommé pour ses péristyles et ses vestibules.

Il y vivait des jours heureux, dans une atmosphère tiède, auprès de son épouse Musarie et de ses enfants.

Xéniade était le type parfait de l'homme qui dirige une industrie prospère, jouit d'une bonne santé, possède une famille nombreuse et de beaux appartements.

Le lendemain de son retour de Cnossos, en se promenant seul, à quelque distance de sa demeure presque royale, il aperçut Diogène qui se roulait au soleil, dans le sable chaud de la plage.
Lui ayant fait signe d'approcher :
« Quel est ton nom ? » dit-il.
Le philosophe répondit :
« Diogène de Sinope, Diogène ou simplement Chien. »

Xéniade lui ayant ensuite demandé ce qu'il savait faire, le Cynique ne tarda pas à lui inspirer, par la forme de ses réponses, une haute idée de la vigueur de son esprit.
« J'ai deux fils, lui déclara son maître avec bienveillance, dont je ne puis rien obtenir. Dinias et Charmide sont deux jumeaux de dix-sept ans ; perles d'élégance et de prodigalité, ils n'entendent encore que monter à cheval, dresser les meutes de lévriers et chasser le renard. Veux-tu te charger de compléter l'éducation de mes deux enfants ? Je souhaiterais qu'ils apprissent la science mathématique, les dialectes, la musique, la peinture, les prodiges fabuleux, l'histoire, la thérapeutique et une foule de sciences dont j'ignore les noms. »
Diogène accepta cette proposition.

Dans l'espace de trois ans, il enseigna à ses élèves l'art de parler peu, de payer les services au juste prix, de ne point prêter d'argent, de partager l'avis des plus forts, et de mentir en principe ; car il est toujours facile, si quelque avantage en résulte, de rétablir la vérité.

Quand ce temps fut accompli, Diogène alla trouver un soir Xéniade, qui était sur le point de s'endormir, et lui dit :
« J'ai fait, pour l'éducation de Dinias et de Charmide, mieux que tu ne m'avais demandé.
— Bon ! murmura le Corinthien en bâillant. Pour récompense, je t'accorde la liberté. Tu peux rester ici, vieillir oisif dans ma demeure, et lorsque tu mourras, on aura soin de ta sépulture. »

Mais le Cynique avait appris à connaître la valeur des promesses et ne s'y attachait point ; il appréciait aussi l'importance des formalités.
Après avoir importuné son maître jusqu'à ce que celui-ci lui eût remis, sur une tablette, l'acte d'affranchissement, Diogène se rendit chez un héraut pour l'inviter à lire cette déclaration, dès le lendemain, dans les temples. Afin d'encourager le fonctionnaire à accomplir ponctuellement son devoir, il lui donna l'assurance, à tout hasard, que Xéniade le récompenserait bien.

Puis il regagna directement l'écurie qu'il habitait, dépouilla la tunique et les chaussures qu'il devait à la générosité de son maître et les posa proprement dans un coin. Ensuite il ouvrit un grand coffre qui contenait la provision des chevaux ; en y fouillant de toute la longueur de son bras, il retrouva son bâton, sa besace, son vieux manteau et sa timbale d'argent. La cachette d'ailleurs était choisie et sûre ; car les cochers de Xéniade, qui, toutes les semaines, faisaient payer à leur maître une pleine fourniture d'avoine, se gardaient bien de vider le récipient jusqu'au fond.

Diogène, ayant repris les insignes de son indépendance, s'éloigna dans la ville.

La nuit était bleue, et les brusques aboiements des chiens traversaient le vaste silence dans toute sa largeur.

CHAPITRE SIXIÈME

I

Dans Corinthe, prévalait le culte de la douce Cypris[38]. Les hommes étaient vigoureux, les femmes belles et les lois indulgentes. Il en résultait beaucoup de volupté.

Quiconque voulait mener à bien son entreprise promettait à la puissante Aphrodite de lui offrir un certain nombre de petites filles qu'on allait acheter un peu partout, dans les familles pauvres, et qui devenaient en quelque temps d'excellentes hétaïres.

En l'an II de la 103e Olympiade[39], il n'était bruit, dans toute la Grèce, que d'une Corinthienne nommée Laïs, fille ingénieuse et jolie qui avait déjà satisfait un grand nombre d'amants et ruiné beaucoup d'hommes riches. Aussi était-elle fréquentée par les personnages de distinction.

Elle se montrait vicieuse, ce qui lui valait la sympathie des gens spirituels ; elle était généreuse, et s'était fait ainsi beaucoup d'ennemis.

Un certain Épicrate, poète assez mince, qui avait reçu d'elle un secours d'argent et qui ne le lui avait jamais pardonné, venait de composer une méchante comédie : l'*Anti-Laïs*[40].

---

38 Un des noms chypriotes de la déesse grecque Aphrodite

39 Soit vers 367 avant J.C.

40 « Cette même Laïs est une fainéante et une ivrogne ; tout ce qu'elle fait, c'est boire et manger le plus clair de son temps : bref, si tu veux mon avis, elle est semblable aux aigles. En effet, quand ils sont jeunes, surgissant du haut des montagnes, on les voit prendre des moutons et des lièvres dans leurs serres vi-

Un philosophe aimable, Aristippe le Cyrénéen, avait répliqué par une étude intitulée : « *Laïs et son miroir* », qui avait fait sensation.

L'héroïne de ces ouvrages tenait donc une énorme petite place dans la vie corinthienne. C'était la frivolité ravissante et détestable qui ennuyait tout le monde, d'une charmante façon.

Vêtue d'une éclatante tunique blanche qui dessinait ses formes, depuis la pointe des seins jusqu'aux talons chaussés d'or, elle passait habituellement ses journées dans l'Amphithalamos[41], où des lits, dressés en manière d'estrades, offraient une pose douce à ses compagnes qui venaient perpétuellement la visiter et tenir propos sur les ajustements, dépenses, indispositions, rivalités et toutes choses féminines.

Comme la plupart des amoureuses de profession, Laïs était lente à s'éveiller et surtout à s'endormir.

Le soir elle se plaisait à bavarder sur les phénomènes de la vie courante, avec les débauchés étendus sur sa couche, lorsque ceux-ci lui étaient connus.

Une fois, en devisant de la sorte, elle entra en querelle avec un opulent patron de navires phéniciens. C'était un avare tou-

---

goureuses, et ils s'en nourrissent. Puis, une fois vieux et affamés, ils se perchent sur le toit des temples, ce qui est considéré généralement comme un mauvais présage. En un sens, cette Laïs est aussi un mauvais présage : quand elle était jeunette, par appât du gain, elle est devenue arrogante et sauvage, bien qu'elle ne se laissât pas voir facilement, telle Pharnabaze. Maintenant qu'elle a derrière elle une longue carrière et que les magnifiques proportions de son corps se sont bien avachies, il est plus facile de la voir que de cracher ; bien plus, elle est toujours en sortie, toujours entre deux vins, acceptant un gros statère ou trois petites oboles, s'offrant indifféremment aux vieillards comme aux jeunes. L'oiseau est tellement apprivoisé, mon cher, qu'elle va prendre l'argent directement dans votre main » écrit Epicrate.

41 L'amphithalamos est la pièce qui, dans les maisons grecques et romaines, touchait à la chambre à coucher des maîtres (Thalamos), et derrière laquelle se trouvaient les salles de travail des femmes.

jours préoccupé de défendre l'intégrité de sa fortune qu'il avait acquise, petit à petit, par un travail opiniâtre.

Laïs, pour la seule joie de l'éblouir, lui racontait les merveilles de son luxe et les dépenses fabuleuses de son train de maison. Mais l'ancien navigateur sentit un danger, ainsi qu'il sentait venir jadis les vents Étésiens. Alors il recourut à des plaisanteries lourdes sur la prodigalité des femmes entretenues, et finit par dire assez insolemment à sa compagne qu'elle s'était toujours livrée par l'appât du gain.

Profondément indignée de ce légitime reproche de vénalité, Laïs résolut de prendre sa revanche avant l'aurore.

Quand l'autre fut plongé dans un profond sommeil, elle appela l'esclave phrygienne qui se tenait toujours à portée de sa voix, et la chargea d'aller quérir, par les rues de Corinthe, le plus misérable vagabond qu'elle apercevrait.

Peu de temps après, quelqu'un était introduit dans un salon de l'hétaïre corinthienne. C'était Diogène, que la jeune négresse avait trouvé dormant à ciel ouvert pour fêter sa libération.

Il s'avança tranquillement dans la pièce, posant avec plaisir ses pieds nus sur les tapis babyloniens où s'entrelaçaient des fleurs bizarres et des animaux fantastiques.

Il étendit le grand bâton dont il était muni sur une table d'ivoire, au milieu des coupes et des fragiles amphores ; il accrocha sa besace à un trépied de bronze et s'assit nonchalamment dans un grand fauteuil qui avait pour bras deux sphinx.

Il regarda entrer Laïs d'un œil qui ne s'étonnait plus et, sans exiger d'explication, la vengea sommairement.

C'est ainsi que Diogène le Chien fit connaissance de la courtisane Laïs[42].

II

Par un merveilleux concours de circonstances, le Cynique fut bientôt à même d'agir en maître dans cette maison où le hasard l'avait amené.

De fait, Laïs eut un caprice très vif pour lui ; et ce sentiment fit place dans la suite à une solide amitié.

Mais Diogène était un garçon d'une humeur singulière. Sans raisons apparentes, il se lassa de manger le pain d'une prostituée et de finir, en sa compagnie, des nuits commencées par elle avec des gens qu'il méprisait.

« Laïs, dit-il un matin, je vais retourner à Athènes. Il est probable que je n'aurai pas de peine à t'oublier ; mais, en ce moment, je me rappelle bien toutes les joies que tu m'as fait goûter et je t'en remercie. Je voudrais, en outre, pouvoir te donner de l'argent ; mais j'en suis complètement dépourvu. Du moins, je te prie d'accepter ce petit souvenir... »

Et Diogène tendit sa précieuse timbale d'argent à la jeune femme, qui n'avait pas envie de rire ni de pleurer.

Il s'en alla d'un pas égal et rencontra, près de la porte, le beau chien de garde qui lui fit fête.

Profitant de sa disparition, Diogène lui déroba son écuelle et

---

[42] Selon certaines anecdotes, Démosthène offrit 1000 drachmes pour une nuit avec elle, et elle en exigea dix fois plus, mais s'offrit gratuitement à Diogène de Sinope. Lorsqu'elle rencontra l'athlète Eubotas de Cyrène, elle en tomba amoureuse. Il aurait alors promis de l'épouser, mais ne voulant pas être distrait lors de sa préparation olympique, il n'en fit rien.

la jeta lestement dans la besace qu'il portait sur le dos.

CHAPITRE SEPTIÈME

I

Au commencement de l'an 365, Diogène était revenu habiter sous les colonnes du temple de Cybèle.

Ayant repris, chez Xéniade et Laïs, l'habitude du luxe et du bien-être, il adopta deux résidences comme le grand roi Darios.

Dès les premières chaleurs, Diogène partait pour Corinthe, en faisant rouler devant lui sa vieille tonne en terre grise qu'il lui suffisait d'inonder d'eau pendant les ardeurs de la température pour y trouver la fraîcheur.

Il retournait passer l'hiver à Athènes, où il garnissait sa demeure avec des chiffons moelleux.

C'est alternativement dans ces villes qu'il instruisait ses disciples : Monime, un ancien domestique ; le riche Cratès ; Ménandre, qui admirait Homère ; Hégésée de Sinope ; l'historiographe Anaximène de Lampsaque et Philiscos d'Égine.

Le Cynique vieillit peu à peu, au milieu de cet entourage d'hommes modestes et sans préjugés. Sa longue barbe et ses cheveux blanchirent ; mais il ne cessa pas d'enseigner ses préceptes favoris :

« Les choses et les personnes devaient être communes[43] ; la noblesse et la gloire n'avaient que de vaines apparences.

« Il n'était pas déraisonnable de manger de la chair humaine, ni intéressant de rechercher si les dieux existaient ou non.

« Les femmes avaient des formes déshonnêtes ; les orateurs mentaient effrontément.

« Les philosophes Chiens devaient caresser ceux qui leur donnaient quelque chose et aboyer après ceux qui ne leur offraient rien. »

Diogène avait conservé, en outre, des façons particulières de se comporter.
Si on le quittait pendant qu'il parlait encore, il ne laissait pas que d'achever sa phrase.

Lorsqu'il avait envie de rendre publique une pensée, il annonçait une harangue. Souvent les promeneurs continuaient indifféremment leur chemin. Alors Diogène se mettait à chanter quelque complainte lamentable ; et, dès qu'il avait réussi à former un attroupement, il s'en allait en haussant les épaules avec mépris et en disant :
« Pourtant j'aurais parlé juste et j'ai chanté faux. »

Quand on lui rapportait que des gens fats et sans intelligence l'avaient plaisanté, il répondait, après réflexion :
« Je ne m'en tiens pas pour moqué. »

Il déblatérait, d'une voix affaiblie par l'âge, contre les pas-

---

[43] Notamment les femmes et les enfants.

sants, les célibataires, les époux, la fortune, les tireurs d'arc, les fonctions naturelles et le reste.

Il faisait des traits d'esprit :

Voyant, aux thermes, un jeune garçon qui avait la réputation de dérober les vêtements, Diogène lui demanda s'il était venu pour prendre un bain ou simplement des habits. Quelqu'un l'ayant heurté d'une poutre en lui disant, trop tard selon la coutume : « Prends garde ! » il lui donna un coup de son bâton taillé dans un olivier franc, en s'écriant : « Prends garde, toi-même. »

Pour éprouver l'affection d'un ami, il le pria de porter un demi-fromage à une distance de cinquante pas. L'autre, croyant à une pure plaisanterie, se fâcha furieusement ; et Diogène lui dit avec mélancolie :
« Un demi-fromage a rompu notre amitié. »

Le Cynique employa de la sorte trente ans de sa vie. Il atteignait sa soixante-dix-septième année, lorsqu'il entra en rapport avec Alexandre de Macédoine.

II

Alexandre le Grand, ainsi que les autres hommes, était doué de bons et de mauvais penchants.
À la vérité, il tua son compagnon Clitos dans un repas ; mais son désespoir fut tel qu'il renonça, pendant quelques jours, à l'ivrognerie.

Assez dédaigneux des usages, il ne commanda pas de crever les yeux de trois mille barbares qui s'étaient livrés à sa merci, après la bataille du Granique.

Lorsqu'il eut fait mutiler et mettre à mort Callisthène, dont la hardiesse était insupportable, il donna les instructions nécessaires pour qu'on exposât le corps à la curiosité des gens que ces sortes de spectacles intéressent.

Enfin il perça lui-même d'une sarisse Oxyante fils d'Aboulitès, parce que c'était un mauvais satrape.

Il importe de connaître ces particularités d'un cœur magnanime pour trouver vraisemblable l'anecdote qui suit, bien que les circonstances en aient été popularisées.

En l'an 365, les Grecs, assemblés à l'isthme de Corinthe, venaient de confier à Alexandre les fonctions de généralissime.

Le roi de Macédoine étant venu se promener, vers la tombée du jour, dans le Cranion, suivi d'une foule nombreuse, écoutait, avec un sourire d'encouragement, un projet grandiose que lui exposait l'architecte Stasicrate :

« J'ai trouvé, disait avec feu cet artiste, que tu ressemblais au mont Athos. En y retouchant un peu, j'en ferai ta statue inébranlable. Tu poseras les pieds sur le rivage de la mer ; tu tiendras, dans la main gauche, une ville de dix mille habitants ; et, sous ton bras droit, une urne penchée versera un fleuve dans la plaine. Tu auras pour chevelure des forêts peignées par les vents...

— Quel est cet homme sordide, interrompit Alexandre, qui ne se lève pas à mon approche ?... »

Et il désignait du doigt Diogène, réinstallé de la veille à Corinthe, qui se reposait, dans sa tonne, des fatigues du voyage.

Puis, sans attendre de réponse, le général en chef des Grecs s'avança vers le vieux philosophe qui ouvrit un œil.

« Je suis, dit-il, le grand monarque Alexandre !

— Moi, répliqua l'autre, je suis Diogène le Chien. »

Alexandre avait entendu parler des singularités de son interlocuteur ; il avait même conçu pour lui une certaine sympathie et lui en offrit la preuve.

« Que puis-je faire pour toi ? » demanda le futur conquérant de l'Asie, avec majesté.

Le Cynique s'agitait depuis un instant, dans son tonneau, comme un homme qui ne se trouve pas bien tel qu'il est placé. Quand il fut assez réveillé pour apprécier la cause de son malaise :

« Retire-toi de mon soleil, » répond-il en montrant l'horizon.

Alexandre, un peu décontenancé d'abord, ne tarda pas à se remettre et à se retirer en déclarant que s'il n'avait pas été Alexandre, il aurait voulu être Diogène.

Au reste, ce propos ne l'engageait pas à grand-chose.

III

Après cette aventure, le Cynique vécut encore onze ans.

Mais l'extrême vieillesse lui avait donné une humeur sombre et pénible à supporter. Il ne se décidait plus à parler lorsqu'il était seul. Il restait chez lui durant des journées entières, immobile et couché sur le ventre.

Il mourut à Corinthe, dans le cours de la première année de

la 114e Olympiade[44] ; et les causes de sa mort sont diversement rapportées.

Les uns prétendent qu'il succomba à un épanchement de bile, causé par un pied de bœuf cru qu'il avait mangé. D'autres soutiennent qu'il termina son existence en retenant son haleine.

On dit encore que, voulant partager un polype à des chiens, il fut tellement mordu par un de ces animaux à un nerf du talon qu'il en rendit l'âme.

Ses disciples étant venus le voir un matin, selon leur coutume, le trouvèrent enveloppé dans son manteau. Après une longue attente, étonnés de la rigidité de son corps, ils découvrirent leur vieux maître ; et le trouvant expiré, ils supposèrent que c'était volontairement, par un désir de sortir de la vie.

Il y eut une dispute entre les disciples pour savoir qui l'ensevelirait ; et même ils en vinrent aux mains, afin de se mettre d'accord.

Enfin Diogène fut enterré près de la porte qui conduisait à l'Isthme.

On mit sur sa tombe un chien en pierre de Paros.

---

44 Soit 323-322 avant JC

64

Diogène, l'homme debout

Ma mémoire me joue des tours, aussi je ne sais plus si le personnage de mon histoire était bien Diogène, ou un autre. Disons qu'il s'agit bien de lui – car ça m'arrange.

Des sales gosses (comme ceux qui lui ont cloué son tonneau dans le texte d'Hervieu, voulant l'initier au fakirisme) avaient décidé de jouer un vilain tour à notre philosophe. Ayant capturé un oiseau, ils se proposèrent de lui poser la question si l'animal était vivant ou mort. Si le Cynique répondait « mort », ils n'auraient qu'à ouvrir les mains et laisser échapper leur proie, pour lui prouver qu'il avait tort. Si, en revanche, il répondait « vivant », ils n'auraient qu'à tordre le cou de l'innocente victime, afin de détromper encore l'homme.
L'instigateur de cette machination lui posa donc la question. Or Diogène, qui n'était pas tombé de la dernière pluie, lui répondit donc : « La vérité est entre tes mains. »

Et c'est là un des enseignements du personnage : la vérité est entre nos mains. À nous de les ouvrir pour la libérer – ou bien de lui tordre le cou et la faire taire à jamais.

Cet apologue explique sans doute, du moins en partie, l'étrange fascination qu'exerce sur moi le philosophe. Libre de parole, même étant esclave, il défie l'autorité, il défie la doxa, les préjugés, et force à réfléchir par la dérision, ma provocation. Car, même s'il se compare à un chien, vivant de manière simple en contentant ses instincts basiques, il est doué de raison, et entend l'exercer, en dépit de son interlocuteur, bravant donc la peur[1].

---

1   En fait, si certains considèrent Jésus comme le premier communiste, on

C'est ainsi qu'il défie Alexandre venu lui exposer sa toute-puissance, méprisant son offre d'honneurs et de cadeaux, l'enjoignant simplement à s'ôter de son soleil. À la question du conquérant, s'il n'avait pas peur de lui, Diogène lui répondit, employant la technique socratique :
– Qui es-tu ? Un bien ou un mal ?
– Un bien, lui répondit le Macédonien.
– Qui craint donc le bien ?

Tout à fait entre nous, il me fait penser à ce terme slave : « dobre », qui signifie quelque chose comme bien, droit, juste. Car Diogène est tout cela à la fois : un homme droit, juste ; un **homme debout**.

Bien sûr, n'enjolivons pas, ce n'a pas toujours été le cas. S'il a été contraint de fuir sa patrie, Sinope[2], avec son père banquier, dont il avait repris l'activité, c'est parce qu'ils forgeaient leur propre monnaie. En d'autres termes, ils étaient faux-monnayeurs.

L'oracle que lui aurait délivré la Pythie de Délos, « change la monnaie », me semble donc une pièce rajoutée par la suite, en cohérence avec l'histoire du personnage. On ne prête qu'aux riches, paraît-il[3].

Tout comme certains épisodes, qui sont venus se greffer par la suite sur le mythe. *Si non è vero è bene trovato*, disent les Italiens : si cela est faux, cela semble tellement véridique que cela devrait être vrai : que l'histoire racontée soit véridique ou non. Le vraisemblable – nous sommes loin de la vérité.

---

pourrait qualifier Diogène de premier anarchiste de l'Histoire.
2   Ville actuellement turque, sur les bords de la mer noire.
3   C'est exact. Allez demander un prêt à votre banquier avec un RSA ! Bernard Tapie disait d'ailleurs, à ce sujet : « Je dois 10.000 balles à mon banquier, c'est mon problème ; si je lui dois 1 million, là, c'est son problème ». Or les banquiers, comme nous le rappelle Alphonse Allais, sont des gens très frileux, qui vous prêtent un parapluie lorsqu'il fait beau, pour vous le reprendre dès qu'il pleut.

Voulant se racheter, face aux coups du destin[4], il fréquenta Antisthène, fit siens les enseignements ; une autre pratique de la philosophie et de la vie en général, subversive et jubilatoire. L'école cynique prône ainsi la vertu et la sagesse, qualités qu'on ne peut atteindre que par la liberté. Cette liberté, étape nécessaire à un état vertueux et non finalité en soi, se veut radicale face aux conventions communément admises, dans un souci constant de se rapprocher de la nature. Le cynisme a d'ailleurs profondément influencé le développement du stoïcisme par Zénon de Kition et ses successeurs.

Mais je ne vais pas retracer ici la vie du Cynique. Je rappelle, par ailleurs, que j'ai déjà livré pas mal de détails sur ce personnage dans un précédent ouvrage, *Nasr Eddin rencontre Diogène*, dont le but était surtout de mettre en exergue deux mythes proche-orientaux, avec leurs similitudes. Il ne s'agit donc pas ici de redite, mais d'un complément, d'un autre aspect, romancé, de la question.

Avec une très grande érudition, et beaucoup de discrète ironie voltairienne, Paul Hervieu (1857-1915) l'a fait, assez brillamment, compte tenu des moyens dont on disposait en son temps (internet n'existait pas, où Google, lorsqu'on presse un bouton, vous régurgite instantanément des tonnes de références[5]).

Ainsi, l'épisode du tonneau clouté. J'ai relevé, en annotant le passage, que Diogène vivait dans un *pythos*. Ce qu'Hervieu confirme plus loin, en remplacement du tonneau primitif. Peut-être a-t-il raison au fond. Les témoignages ne sont pas toujours ni exacts, ni concordants. Et puis, ça lui aurait ôté l'opportunité de

---

[4] L'esclave de Diogène, Manès, s'enfuit un jour. Flegmatique, le philosophe aurait déclaré : *Il serait étonnant que Manès puisse vivre sans Diogène, et que Diogène ne puisse affronter la vie sans Manès.*

[5] Pas toujours très à propos, du reste. Combien de fois suis-je tombé sur des publicités, ou des références à un sportif ou un politique actuel ?

narrer une belle anecdote.

Certains passages sont rapides, comme sa tombée en esclavage, et les réflexions que le Chien a pu livrer à cette occasion.

Sa rencontre enfin avec la courtisane corinthienne diffère également de la version que j'avais personnellement, plutôt empreinte de Plutarque, où Laïs se joue du philosophe. Mais sa version semble plus juste (et corroborée), *mea culpa*.

On peut déplorer également que Paul Hervieu ait oublié de mentionner qu'un jour, voyant un jeune pâtre boire à la source dans ses mains réunis en conque, Diogène a jeté la coupe qu'il détenait (celle de Laïs ?) et dans laquelle il buvait, pour se rapprocher encore plus de la simplicité naturelle.

Mais j'ai parlé d'**homme debout**. En effet, il fait partie de ces hommes qui s'érigent face au Pouvoir, à l'injustice que l'on justifie par l'inepte formule *Struggle for life*, en hommage à la « méritocratie » d'une certaine élite auto-proclamée, ou alors bombardée par un obscur et sinistre marionnettiste aux visées hégémoniques universelles (suivez mon regard).

Un homme debout comme **Léonidas** qui, sommé de jeter ses armes à terre et se rendre avec ses 300 Spartiates[6], répondit au perse Xerxès, μολὼν λαβέ : « Viens (les) prendre ».

Un homme debout, comme ce gitan, méprisé par le bourgeois, qui combattit à poings nus un peloton de CRS casqués, à bottes renforcées, matraque en une main et bouclier en kevlar dans l'autre. Je parle de **Christophe Dettinger**, dit le « gitan de Massy », héros des temps modernes auquel je rends ici hommage. Oui, il était boxeur. Il n'empêche qu'il a eu le courage de lutter contre des gens blindés, seul contre plusieurs ; et ça, peu de

---

6   En fait, ils étaient quelque chose comme 6.000 Grecs face tout de même à 210.000 Perses et alliés.

monde l'a fait. Il en a du reste perdu son job à la mairie d'Arpajon. Si cela vous semble si évident et facile, allez-y ! faites-nous voir un peu comment vous agiriez.

Il fait partie, à mes yeux, de ces hommes que Diogène cherchait en plein jour, une lanterne à la main. Lui et les Gilets Jaunes, nassés, molestés, agressés, LBDéisés, lacrymogénéisés, parce qu'ils perturbaient la quiétude des nantis en place.

Homme debout, **Charles de Gaulle**, pétri de défauts certes, mais qui a choisi de ne pas collaborer, contrairement à son mentor, Pétain, et qui a été condamné à mort par contumace pour ça.

Homme debout également, Michel Colucci, alias **Coluche**, lequel, contrairement au bien lisse et policé Thierry le Luron, ne tournait pas autour du pot, et n'envoyait pas dire à sa place.

Voulant tourner en ridicule toute la pantomime électorale en 1981, il finit par se prendre au jeu et se présenter réellement, conscient de tout l'espoir de changement qu'il avait suscité au sein de la population, – qui depuis attend après des carriéristes attablés depuis 40 ans à la table de la *Gueuse*, en vain : ils ne vont tout de même pas risquer leur casse-croûte pour des *gueux* ou des *riens*[7] !

Coluche notamment, auquel on doit les Restos du Cœur, qui malheureusement ne désemplissent pas depuis leur création, les bourgeois se rachetant une conscience grâce à la fameuse loi dite *Coluche*, qui leur permet de récupérer sur leur impôt deux tiers de leur don – entre autres. Ou comment une mesure favorable est détournée de sa finalité… toujours au profit des mêmes.

Hommes debout, ces lanceurs d'alerte, ces « complotistes », ces Gilets Jaunes, que le système s'est empressé de condamner rapidement et férocement ; pas comme tous ces nantis, avides de sub-

---

7   Et ruiner leur fonds de commerce…

ventions, sinécures, bénéfices et autres prébendes.

Un courage que n'avait pas le marquis de Bièvre, lequel, sollicité par Louis XIV de faire un calembour à son sujet, rétorqua : « Sire, Votre Majesté n'est pas un sujet ! » Pirouette mondaine, évitant d'énoncer trop crûment certaines choses (cachez ce sein...)

Un courage que n'a pas non plus toute cette politicaillerie actuelle, opportuniste, népotiste[8], corrompue – peut-être pas entièrement pédophile, mais n'hésitant pas à faire usage de leur canapé – et qui, loin de s'opposer aux exigences liberticides d'une Union Européenne cancer de la démocratie[9], Empire maléfique n'osant assumer au grand jour son essence, participe au contraire même activement à un plan mondialiste passant par des exactions de plus en plus grandes, légitimées par des Chambres aux ordres. « Pour notre bien ».
On est bien loin de la notion slave évoquée plus haut, du « dobre ». Comprenne qui pourra.

Enfin, pourquoi avoir placé ces propos après le texte principal, au lieu d'une préface ? Tout simplement, parce que je ne voulais pas polluer votre lecture, ni votre réflexion, en les mettant en amont. Si j'ai (encore) le droit de m'exprimer, vous avez surtout et avant tout la liberté de penser[10].

Ch. Noël

---

8 Ou femme-d'élu-iste...
9 Pour ne pas employer des mots plus crus et plus durs.
10 Enfin, pour moi.